前田育徳会尊経閣文庫編

尊経閣善本影印集成 40

日本霊異記

八木書店

日本国現報善悪霊異記巻下

諾楽右京薬師寺沙門景戒録

夫善悪因果者顕於内経吉凶得失載諸外典今探是
賢劫釈迦一代教文有三時一正法五百年二像法千年
三末法万年自仏涅槃以来迄延暦六年歳次丁卯而
逕一千七百廿二年過正像二而入末法然日本於仏法僧伝通
以来迄延暦六年而逕二百卅六歳也夫花咲

災表相現而後其災答被縁卅八　智行並具禪師重得人身生國皇之子縁第卅九

憶持法花經者舌著之曝髑髏中不朽縁第一

諾樂宮御宇大八州國之帝姫阿倍天皇御代紀伊國牟婁郡

熊野村有永興禪師化海邊之人時人貴其行故美稱菩薩

從天皇城有南故号曰南菩薩爾時有一禪師來之於菩薩所

所持物法花經一部字細小書成一巻持之白銅水瓶一口縄床一足也僧

常誦持法花大乘以之為業歷一年餘而思別去敬礼禪師

例言

一、『尊経閣善本影印集成』は、加賀・前田家に伝来した蔵書中、善本を選んで影印出版し、広く学術調査・研究に資せんとするものである。

一、本集成第六輯は、古代説話として、『日本霊異記』『三宝絵』『日本往生極楽記』『新猿楽記』『三宝感応要略録』『江談抄』『中外抄』の七部を収載する。

一、本冊は、本集成第六輯の第一冊として、嘉禎二年（一二三六）書写の『日本霊異記』巻下（一冊）を収め、墨・朱二版に色分解して製版、印刷した。その原本は、遊紙を除き、墨付で第一丁、第二丁と数え、各丁のオモテ、ウラをそれぞれ本冊の一頁に収め、図版の下欄の左端または右端に(1オ)(1ウ)のごとく丁付けした。

一、書名は、表紙に「日本国霊異記」、原表紙に「日本国善悪現報霊異記」、巻末に「日本国現報善悪霊異記」とあるが、本集成では、最も広く通行している「日本霊異記」の称を用いた。

一、目次及び柱は、原本巻頭の目録及び本文の序数（第一・第二）を勘案して作成した。真福寺本との異同は、冊尾の解説を参照されたい。

一、原本を収める桐箱の蓋上面及び古包紙（墨書のある部分）を参考図版として附載した。

一、本冊の解説は、吉岡眞之国立歴史民俗博物館教授執筆の「尊経閣文庫所蔵『日本霊異記』の書誌」、沖森卓也立教大学教授執筆の「尊経閣文庫所蔵『日本霊異記』の訓読」の二篇をもって構成し、冊尾に収めた。

平成十九年三月

前田育徳会尊経閣文庫

目次

巻下

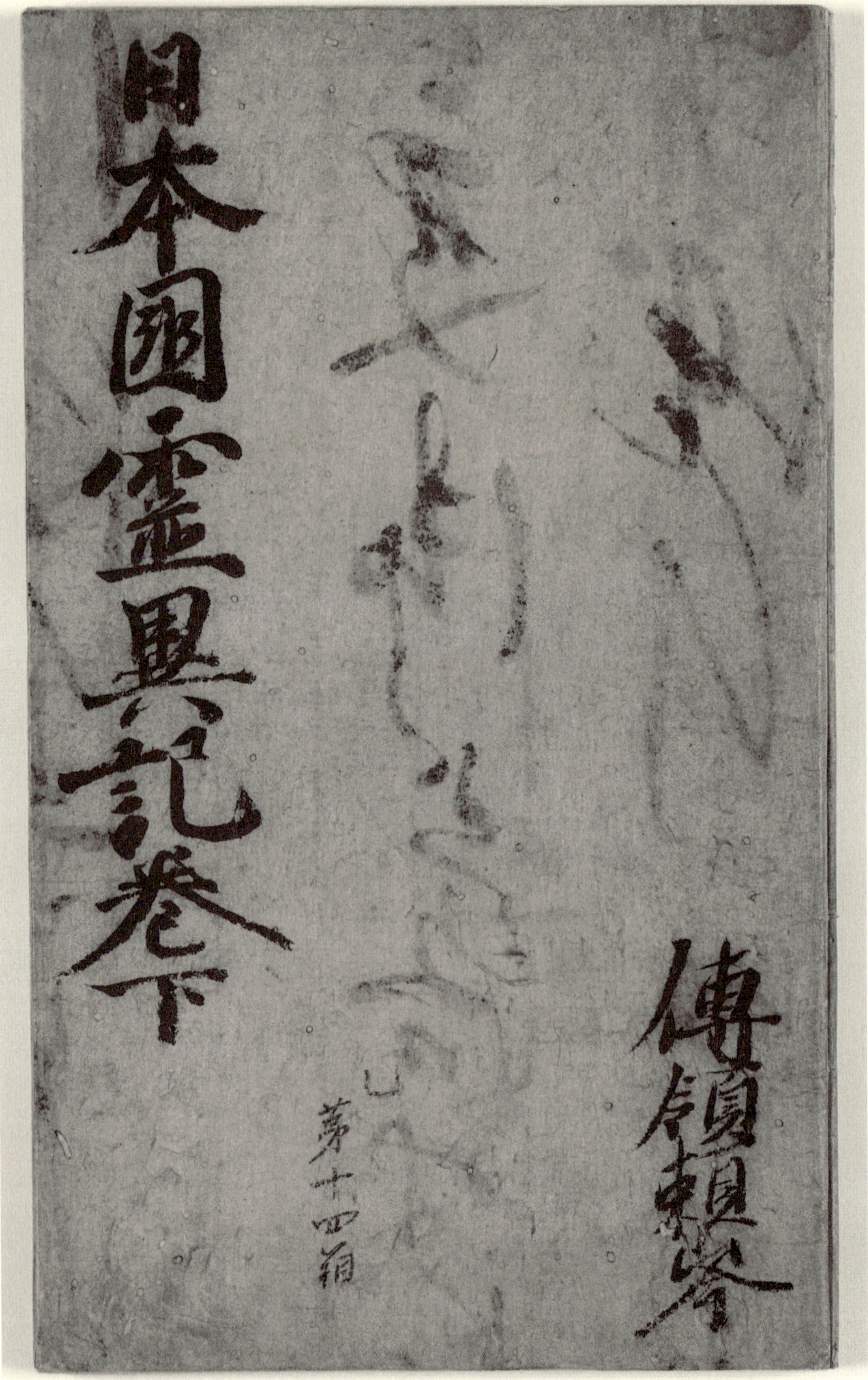
日本國靈異記巻下
傳領
第十四箱

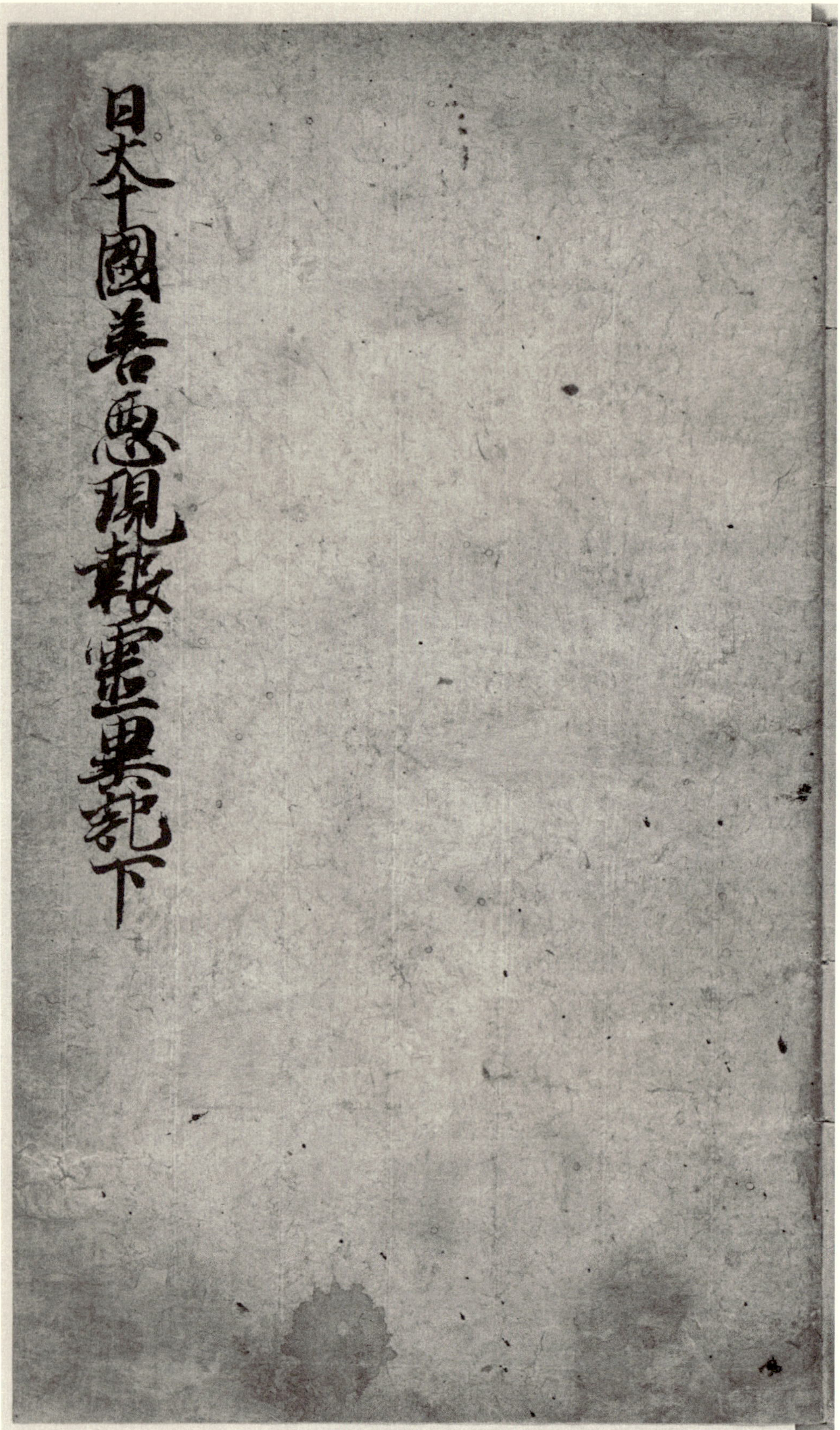

巻下　原表紙

日本国現報善悪霊異記巻下

諾楽右京薬師寺沙門景戒録

夫善悪因果者顕於内経吉凶得失載諸外典今探是之賢劫尺迦一代教文有三時一正法五百年二像法千年三末法万年自仏涅槃以来迄于延暦六年歳次丁卯而逕一千七百廿二年過正像二而入末法然日本大伝仏法僧遍以来迄延暦六年而逕二百卅六歳也夫花咲無聲鳴

（1オ）

嶌之濱觀代修善之者若石峯花作悪之者似土山
毛匪磋因果作罪以比無目之人履匠虵之号虎見尾
背名利殺生疑善報悪報嵩遍来如鏡詭鬼之人抱毒
虵莫枯之向之即現斎力颰号悪種匠被如谷響
變之如祖現報若之鴨人不慎平生虚已後悔无
蒼蘄暫不身雖肩存之活不命散常恃既入来切何
而仍矣噫慈於言惻那冤切侯唯習預魂歸償一樽食於終

善之福而不逢當來飢饉之災者頼持一日不飯戒於行道
之功不值末劫刀兵之災者昔有一比丘住山坐禪毎齋食時
折飯施烏〻常喙勤毎日來侍比丘吞食訖後嚼敝類
口洒手把礫而烏居籬外彼比丘不瞻指烏投礫中烏〻
頭破死即死生猪〻住其山彼猪至於比丘室上頽石
求食石径下中比丘而死猪不思賊石自來殺元記作罪
无記非悪何况乎故悪心殺之彼悪非与殖悪〻自能

悪之果。是吾迷心作於福良而鑒善報。是我悟懐乎。
偶異聞者未得天智者。同術所悟者未得神人
雜者之答術。是猶以蠡酌海瀾之者。欲匪傳燈之恩
匡而旋託斯事。冠轢淨剎。奔心覺路遠行之尊。
廣掃地共生西方極樂。傾巣同住天上寶堂者矣

合示善悪表縁卅八條

憶持法花者舌著之曝髑髏中不朽縁第一

殺生物令結怨作狐狗互相報讐縁第二

沙門憑願十一面観音像得現報縁第三　沙門誦持方広大乗流海不溺縁第四

妙見菩薩変化示異形顕盗人縁第五　禅師将食魚化作法花経覆俗誹縁第六

被観音木像之助脱王難縁第七　弥勒菩薩応於所願示奇形縁第八

閻羅王示奇表勧人令修善縁第九 地蔵験記　如法奉写法花経火不焼縁第十

二目盲女帰敬薬師仏木像以現得明眼縁第十一　二目盲男敬称敷揚千手観音日摩尼手以現得眼縁第十二

将写法花経建願人断日暗穴頼願力以得全命縁第十三　拍憶持千手呪者以現得悪死縁第十四

撃沙弥乞食以現得悪死報縁第十五　女人濫嫁飢子乳故得悪報縁第十六

未作畢攝像生呻音示奇表縁第十七　奉写法花経師為邪婬以現得悪死報縁第十八

産生肉団之女子修善化人縁第十九　誹奉写法花経女人過失以現口喎斜縁第廿

沙門目眼暗使誦金剛般若得明眼縁第廿一　重斤取人物又写法花経以現得善悪報縁第廿二

用己寺物又将写大般若建願以現得善悪縁第廿三

漂流大海敬敬称尺迦仏名得全命縁第廿四

強非理以徴債取多倍而現得悪死縁第廿五

（４オ）

災表相現而後其実答被第卅七　智行並具禅師重得人身生國王之子縁第卅八

憶持法花経者舌著之曝髑髏中不朽縁第一

諾楽宮御宇大八州国之帝姫阿倍天皇御代紀伊国牟婁郡熊野村有永興禅師化海邊之人時人貴其行故美称菩薩従天皇城有南故号曰南菩薩爾時有一禅師来之於菩薩所所持物法花経一部字細小書成一巻持之　白銅水瓶一口縄床一足也禅常誦持法花大乗以之為業歴一年余而思別去敬礼禅師

年施縄床而語之曰今者罷退欲越山道由往伊勢国
禅師聞之糯干飯舂篩二斗以之施師優婆塞二人副共
去使見送是禅師一日道而送以法花経并鉢干飯粉
等与優婆塞自此之還唯以麻縄廿尋水瓶一口而別去
逕之二年熊野村人至于熊野河上之山伐樹作船聞之
有音誦法花経日逕月猶頃不止逕讃之人聞讀経之
音発心貴之数自分糧以求之不聴見之欲色後逕而居處

（５オ）

經之音猶不止往白禅師々往而聞有實尋求見之
有一死骨以麻繩繫二足懸巖投身而死骨側有瓶
乃知別去之禅師也見之悲哭而帰經歷三年山人
告知復往之音猶不止來與後取其髑髏見者其
舌三年其舌不腐完出生有尋知大乘不思議力誦經
功驗也又曰吉野金峯有一禅師往峯行道禅師
聞前有音讀法花經金剛般若經聞之而立排草中見之

之有一髑髏歷〻日眼其舌不爛〻生着有禪師所般
收淨處髑髏言以因縁故汝值我便以草蓋月殿
於其上共住讀経六時行道禪師隨讀法花髑髏共讀
故見彼舌〻振動是

殺生命結怨作狐狗互相報怨縁第二

禪師永興者諾樂左京興福寺沙門也俗姓葦屋君氏
一云市往攝津國手嶋郡人也住于紀伊國牟呂郡熊野村而脩行

（6オ）

時彼有一病者是将来於禪師住寺勧請禪師住處令看病
呪之時愈即發能如是経月日不輟猶強盟猶呪病者託
曰我是狐矣之用不伏禪師莫強問之何故答斯先殺我之
非彼惡是人後死生犬殺我而往報化不放而殺一年之後
己死人卧室禪師之弟子卧病舍時有人繋犬於禪師所来
彼犬嗥吠掣脱丈索于天柳新鏁絛殺之禪師推之若人念曰
吉應放矣由後殺去之入病者子室咋狐引出禪師楼犬不免

鵄致斬也李艶人退返報怨焉嗚呼讐也何以故毗瑠璃王
非怨之怨殺釋九千九百九十九萬人以怨報怨怨猶不滅
小乗臨時
沙門憑願十一面觀音像得現報縁第三
沙門辯宗者大安寺之僧也天年有辯白音為宗乃知称歎
高以家乱帝姫阿倍天皇代弁宗之用其大脩多羅供錢
卅貫不得償納維那僧等徴錢而逼償債者便故登於

（7オ）

泊瀬上山寺、参向十一面観音之手縄引之白言我用大安
寺之修多羅宗銭之償之無便願我施銭稱名以願於是
維那等來徴程逼答言暫待我於井白銭將償故
不久迳言時船親王有善縁参至其山寺修法事之所辨
宗法師繋像引縄猶白之銭速施賜徴銭速償親王
聞之問弟子曰言之何因縁今斯禪師如是白耶弟子答之
以之具述親王聞状以銭贖償寺知觀音大悲深信矣

沙門誦持方廣大乘沈海不溺縁第四
諾楽京有一僧名未詳也僧常誦方廣經典即俗貸錢蓄
妻子一女子嫁別住夫家帝姫阿倍天皇之時聟任於陸奧國掾即
於舅僧借錢廿貫為裝束向於所任之國歴歳餘錢一倍
僅償本錢未償錢利逕年月猶徵乞之聟竊懐嫌所作
思念求便欲殺舅不知猶乞之乞聟語舅曰將共備國之
舅聞之從乘船度國聟与船人同心備惡謀縛舅四支擲

預於老之伴礼之海中謀語妻曰汝之父倘欲睹見之并治亦共度奈
遭逆波驟船沈海大波溺流救取不得便終溺流但我
僅活其女聞之大哭哭言亡失吾父又何圖失寶我別知
之能見又儀寧覩底玉亦爾又胃気哉痛哉僧沈
海底心讀誦方広海水凹開踞處不溺逕二日夜後他船
向於奧國而度見之縄端浮有於海而引舶取見之
僧之形色如常於是船人大怪問之汝誰答曰我某我遭

賊迢繋縛擲海又同師去何要術流水不沈答曰我
誦持方廣大乘其威神力何更疑也唯我姓名向他不顯
我随國船人随趣逆之於國伎智眞國而為隋留卿備
齋食供於三寶留僧展轉乞食備値法師有自居之
例匿面而ミ受其供養之智極自捧於布施獻於衆僧於是之
諸僧中僧申乎ミ受施極見之目漂青　二合川良介不面赫然二合於手供不ミ之
大集懼而隠法師含咲不瞋ミ忍隆後不顯　千枝恩事

（9オ）

於沈海人焉久保爲之不溺毒魚不害身命全存之是誠知大乘

威力諸佛加被耳

妙見菩薩変化示異形顯盗人縁第五

河内國安宿郡内有信天原山寺爲妙見菩薩燃炬畿内

毎年獻於燃炬阿倍天皇之知識依例獻於燃燈并室主

施於錢財物〻主布施錢〻十五貫師之弟子竊盗〻隱後

取錢〻往見之〻錢但鹿劒矢〻死〻仍爲何鹿後迹求河

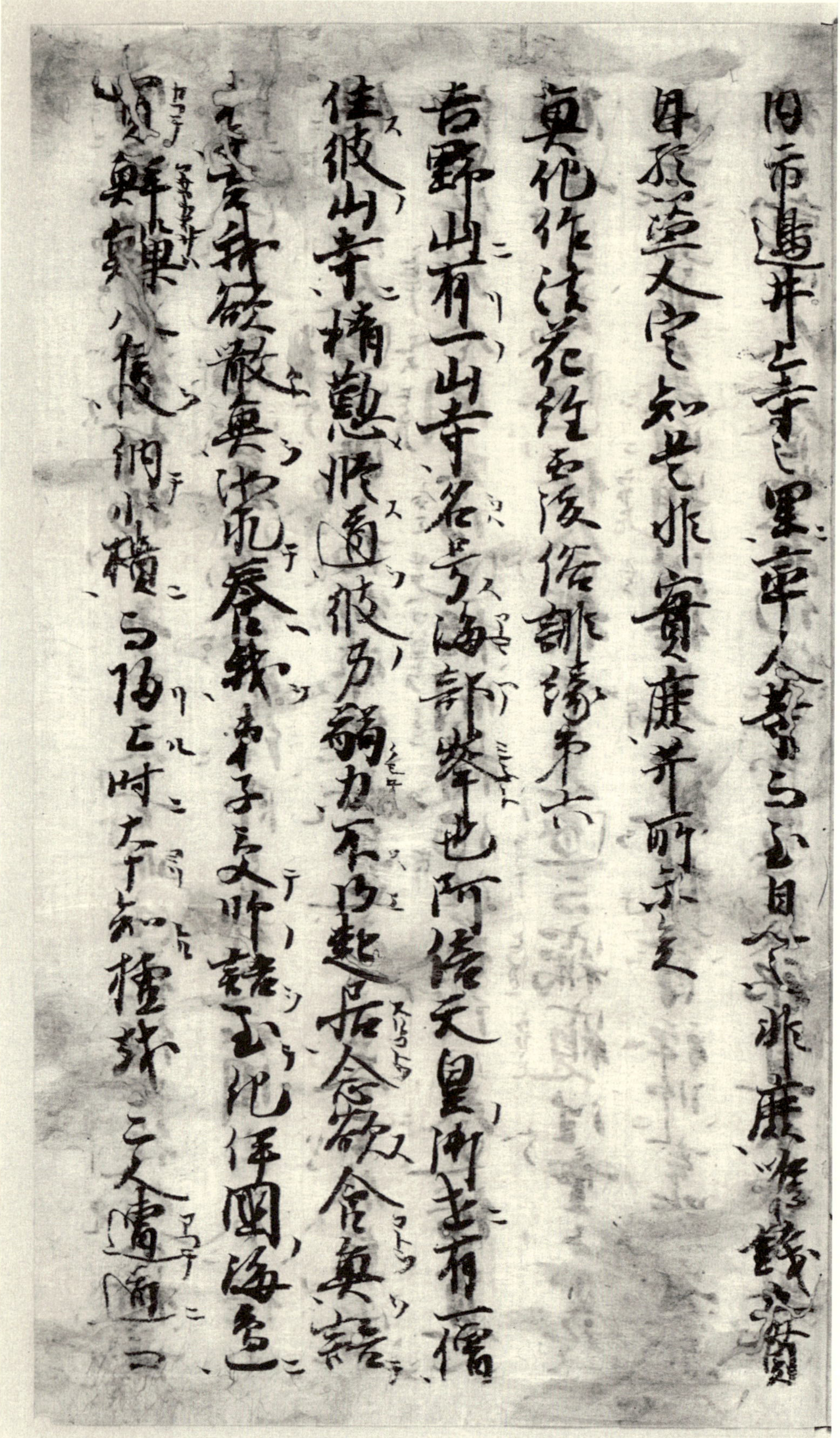

日市邊井上寺之里卑人等而云目前非彼盗錢
母孫逆人定知之非實盗并所奉之

魚化作法花經覆俗誹縁第六

吉野山有一山寺名號海部峯也阿倍天皇御世有一僧
住彼山寺精懃脩道彼身弱力不得起居念欲食魚語
弟子言我欲噉魚汝求養我弟子受師語到紀伊國海邊
買鮮鯔八隻納小櫃而帰時本知檀越三人遇道

（10オ）

問言汝所持物何物也童子答言此法花経也従持小櫃垂
汁其臭如魚俗念非経即至於大和国内市俗等
倶息俗人逼言汝所持物非経此魚也童子答言非魚當
経也俗強令開不得辞開櫃見之化成法花経八巻俗見之
恐奇而去將一俗念猶奇見遂而窺窺往童子至於
山寺其非魚時窺往俗見立躰投地白禅師言雖實魚
稱而就聖人之食物者化経也我愚痴邪見不知因果而

化通悩穢耶脱力我天皇恭敬供養自余俗度大僧銭ト
供養禅師、
被観音木像助脱王難縁第七
正七位上丈直山継者武蔵国多麿郡小河郷人也其妻
白髪部氏也山継毛人打殺遁賊地之頃彼妻力念脱
此難作観音木像以勤恭敬供養夫免難自賊地還来益歓喜
恒去妄相經数年阿倍天皇御世天平宝字八年甲辰也

月山継遭賊臣仲麻呂之難罹於殺罪之例入十三人類
誅殺剎十二人頸訖時山継遂逃拔本作敬供観音木像
可責己言此罪所汝何者此職也哉舉之從盾踰之不通之為
行膺（二合年加波于）即見其頸張曳時於殺之時勅使馳來言若
文直山継在此類所赦日有之今将誅殺使諌是殺唯
當流罪於信濃國所流然後不久召上令宮居多磨郡少
領所任也山継脱殺令命之觀音所救也

弥勒菩薩応所願示奇形縁第八

近江国坂田郡遠江里有一富人姓名未詳也将瑜伽写発願
写淹歴年家財漸衰生活无便離家棄妻子修道
求福猶願果常懸于懐帝阿倍天皇御代天平神護二
年丙午秋九月至一山寺累日住其山寺内生立一株柴
柴上忽然化生弥勒菩薩像時彼行者見之仰瞻迊柴哀
諸人伝聞来見彼像或献稲米或献銭衣乃至供上

(12オ)

一切財物皆悉繕寫瑜伽論百巻設齋已訖儵竜（忽）然不見也

閻羅王示奇表勧人令脩善縁　第九

藤原朝臣廣足者阿倍天皇御世忽嬰身病為差身病

神護景雲二年二月七日至大和國宇陀郡於真木原山寺而

住於八齋戒取筆書習就机迄于暮而不動侍者童子

見之睡眠驚動白言臻日没時然不礼仏猶備不驚殊

押搖動随手取筆口文而死作不有氣心胸々煖從者怪

慄之帰家告知親属々々聞之偷衣備物往之[illegible]見
之藤趣居指々問之答言有人蹈上道頭下着縵上着
鉀佩兵持桙髪麿呂之言闘悪呂以戳(保古)宍受背之前
追將先見之一人後見之二使之中之我進怱之往之前道中
斬有深河水色里不流沈寂以橋置中彼方此方二端不
及之人言汝從此河能渡我之河去踏踊令度前道之頭
有下楼閣炫耀放光四方懸蘇珠其中之有人不観面

白言使之人召白言召将来之告之召人奉詔召入従背華問
者知此汝後之人不知也廣足之妻懐妊不得産児而死也乃答
之曰是實我妻復告偶此女患事故召此女乃斯女可之又告
六年之中三年未之又三年今愁之白乃多於汝児而嬰之死
故之殘苦与汝倶之又廣足之白言我為此女寫法花経講讀
供養救所之又苦妻白之言實如白作急急應還受通女
白而告之曰速還還往脛廣足之又語羅出闕門即念救苦

我々人更還白之欲知御名答欲知我々閻羅王汝国称
地蔵菩薩是即以右手摩我頂告我々所點之故不逢災速
急還往抜手指大如十束把餘虚是甦也々語傳力使施
妻子寫法花經供養追贈福之

如法奉寫法花經不火焼縁第十

牟婁沙弥者榎本氏自度无名紀伊国牟婁郡人也故
字号牟婁沙弥居住安諦郡荒田村剃除鬢髪著袈裟即俗

收發誓遂産業發願以清淨奉寫法花經一部如法自書
寫毎大小便沐浴淨身自就書寫經六箇月乃繕寫竟
供養之後入於塗漆皮筥不安外處置於住屋之重閣
時々讀之以神護景雲三年歳次己酉夏五月廿三日
丁酉午時發火物悉家皆悉燒滅唯其納經之筥有於灰
燼火之中都無所燒損開筥見之經色嚴然文字亮焉
八方人覩聞之莫不奇怪思之

盲目女人帰敬薬師佛木像現得明眼縁第十一
諾楽京越田池南蓼原堂在薬師佛木像當阿倍天皇
之代其村有二目盲女妣生一子年七歳也寡而无夫極窮
无比不得索食将飢而死自謂宿業所招非唯現報徒
空飢死不如行善使子携手堂向薬師像願眼而白非惜
我命我子命惜我子命一旦日二人之命也願我賜眼檀
越見之矜開戸令入殿内向像面以令称礼逕之二日副子見之

（15オ）

従並側聴如桃脂物忽然出垂子告知母〻開欲令咶若
甞之甚甜飯之令吾口然合之甚甜方便二目開焉

二目盲男敬称千手観音日摩尼手以現得明眼縁第十二

奈良京薬師寺東邊里有盲人二眼精盲敬観音
称念日摩尼手明眼闇膚昼坐薬師寺正東之門披敷
布巾称礼日摩尼手之名往来之人見哀之者銭米
穀物投置巾上或坐衆隨称礼日中時打鐘

之音、盲人其寺、乃付系信心、敬念之、經數年、至阿倍天皇代、不知二人來言、汝矜故我、又治汝兩目、左右治之了、語言、我還二日、必來見之、要慎待不忘、去後不久、二目開平復如故、當期日不来也

將寫法花經建願人在暗穴内依願力得全命縁第十三

美作國英多郡部内有官取鐵之山、阿倍天皇代、其國司召發役夫十人、令入鐵山、入穴取鐵之時、鐵山動、役夫驚恐

従穴争出九人僅出一人有後穴口塞留国司思之所壓
為死故悵惆之妻子哭愁而繪観音像寫経追贈也
福力為逕七七日已訖于時獨居穴裏發悲願曰敬奉寫
法花大乗為手寫汝我命存我必奉果居于闇穴而
悵惆自生哀付之于七七日之至為那窮其穴之戸隙指刻
許日開光狙云有一沙弥自隙入来鉢飯盛饌食与之語
汝之妻子従我飲食之雇吾勸救汝故我来之自

隙而去之後不久當于石頂与穴開通日光照破穴開通
廣方二尺許高五尺許時卅余人取葛入山自穴邊徃穴
底人見人影叫言取我手山人則聞如蚊音聞之
取葛繋石下底而試底取引明知人也結葛為縄編葛
為籠以四葛縄繋籠四角立穴門轆下穴底人乗籠
以牽上送親家親家見之歡喜无比國司問之汝作何善
荅之如上國司聞之又可知識率助造法花供養之

拍持千手咒者現得悪死報縁第十四
越前国加賀郡有浮浪人之長探浮浪人駈使雑徭徴
乞調庸于時有京戸小野朝臣庭麿為優婆塞常誦
持千手之咒為業歴彼加賀郡部内山而修行以
護景雲三年歳次己酉春三月廿七日午時其長有其郡
部内御馬河里遇行者曰汝何国人答我修行者非
俗人也長瞋嘖之曰汝浮浪人何不輸調縛打駈使猶拒

逕之懃引譬若和氏上於縄已成黒頭氏下於縄已成白
何有譬頂戴陀羅尼経而不意避俗雖何故拍辱
我令祈辱寳有験念令示威力滝轉千手経呪
与刑行者又与長宮程一里許往於家門侯
馬将下既不得下悪与乗馬騰空而往到於行者之辺
騰空経一日夜明日午時自空落死彼身摧碎猶如土
入棄諸人見之莫不懼悚如千手経説況此大乗呪之乾枯木

（18オ）

樹内乃生枝柯花葉菓

撃沙弥乞食現乃悪死報縁　第十五

犬養宿祢真老者住諾楽京活目陵北佐岐村也天骨
邪見厭悪乞者阿倍天皇代有沙弥付真老之門乞食
真老不施乞物返奪器沫諸見逼悩言汝曷僧也乞
者答曰我乞自度真老亦捫沙弥及帳白去擲其頭
乞者失鉢寒凝明日限時之居門床維鉢含口取酒

將飲自口里血返上仰臥如死絶氣出家情今修頭知罪見
切身利剱瞋心是招禍之疫鬼
女人濫嫁飢子乳故以現報縁第十六
横江臣成母越前國加賀郡人也天骨婬泆濫嫁為宗未
盡丁齡死淹歴年紀伊國名草郡能應里之人寂林法
師離家修他國求法行道至加賀郡畝田村逕年之
頃於奈良宮御宇大八嶋國白壁天皇世寶龜元年庚戌冬

十二月廿三日夜夢見從大和國鵤聖徳王宮前之路指東
而行其路如鏡廣一町許直如墨繩遍來草生三株停
看之彼草中有大太肥女裸衣而踞兩乳脹大如竈之人
自乳流濃長跪以手抑膝瞻之痛乳云痛乳呻吟
寂林問何女答我有越前國加賀郡大野郷畝田村
横江臣成人之母也我齢丁時蕩嫁邪婬棄幼稚子遠男
日乃子乳飢准子之中成人甚飢先由飢乳之罪故

乚々文乳脹病乚韶問何故此病答成人知之我罪免也林

自夢驚醒獨心怪思巡彼里郡於是有人答言當之

林述於夢状成人聞之言我稚時離母不知唯有我姉能知其事

状問姉姉答實如語我夫母公面姿姝妙為男所愛欲濫

嫁所乳不賜子乳文謂子曰言我不思慈悲母君之文是吾

罪造佛寫經贖母之罪乚了

未作畢佛像出呻音示音縁第十七

（20オ）

沙弥信行者紀伊國那賀郡弥氣里人俗姓大伴連也捨
俗自度剃除鬚髮著福田衣求福行因其里有一道場
号曰弥氣山室堂其村人等造私之堂以爲字注名曰意氏禪堂
未作畢有攝像二躰弥勒菩薩脇士也臂手折落居其
於鐘堂檀越斯像隠藏于山淨處信行沙弥近下撞其
堂打鐘力業見像未畢猶以爲悲落臂以糸縛副撫之
像頂毎撫之言當有聖人人得具縁海迎報乎白嘆

□代寶龜二年辛亥秋七月中旬夜半有呻音言痛哉
痛哉其音細小如女人音而長引呻信行思越山之人
得頓病痛即起巡坊覓无病人怪之嘿然彼病呻音
累夜不息窺見之中有鐘堂實知彼像信行見之
一捻一悲時左京元興寺沙門豊慶常住其堂驚彼沙門
叩室戸曰出大法師起而見之述呻状於豊慶与信行大
拙之悲率引知識去年造畢設会供養今安置弥氣堂

（21オ）

彌勒脇士也左大妙聲𦬇右法音輪𦬇是也

奉寫法花經〻師爲邪婬現得惡死報緣第十八

丹治比經師者河内國丹南郡人姓丹治比故爲字也其

郡部内有一道場号曰野中堂有發願人以寶龜二年

辛亥六月請之經師於其堂寫法花經女衆参集

浄水加經之衛畢三時未申之間雲雨降避雨入堂

堂裏狭故書寫師与女衆居同所也爰經師婬心熾發

踞於嬢之背挙裳而婚随閛入閨携手俱死唯
女口漸沫而死明知護法刑罰愛欲之火雖焦身心
産生肉團作女子修善化人縁第十九
肥後國八代郡豊服郷人豊服廣君妻懐妊寳龜二年
辛亥冬十一月十五日寅時産生一肉團其姿如卵夫妻謂
之非祥入笥以蔵置山石中逕之七日而往見之肉團殻
開生女子焉父母取之更哺乳養見聞人合國无不

[illegible]経八箇日不戯長大頭頚成合異人之頤身長三尺
五寸生知利口自然聡明七歳以前転読法花八十花厳
嘿然出家剃除頭髪著袈裟修道化人之不信人无者多
其聞人為哀之於之人无閉无嫁唯其尿有竇愚俗呰
之号曰猴聖時託磨郡国分寺僧又豊前国宇佐郡矢ヤハ
タノ田大神寺僧二人嫌彼尼言汝是外道啁恵都良加志此嘲ゝ計人
[illegible]空降以桙将突僧ゝ恐叫終死之又大安寺僧戒明大徳

[illegible]彼筑紫國大國師之時寶龜七八年比頃備前國佐賀
郡大領正七位上佐賀君兒公設安居會請戒明法師令
講八十花嚴之時彼尼不闕座衆中聽講師見之嘖之言何
尼濫交尼答言佛平等大悲故爲一切衆生流布正教何故
別制我因擧偈問之講師不得偈通諸高名智者怪之問
試尼終不屈乃知聖化而更立名號曰舍利菩薩道俗
歸敬爲化主昔佛在世時舍衛城須達長者之女蘇曼所生

（23オ）

所生卵十枚開成十箇僧皆乃羅漢果迦毘羅衛国長者
之妻懐妊一肉団到七日頭肉団開敷有百童子一時出家
百人俱得阿羅漢果

奉寫法花経女人過失現口喎斜縁第廿

阿波国名方郡埴村在一女人白壁天皇代是女在寫
法花経麻殖郡荒山寺于時麻殖郡人忌部連板屋
誹彼女之過失以誹謗之即口喎斜成於後而終不

云々花経云謗之文者此経若諸根闇鈍矬陋攣躄盲聾
背傴又云見受持是経者出其過悪若実若不実此人
現世得白癩病云々
沙門因眼盲使読金剛般若経得明眼縁第廿一
沙門長義者諾楽京薬師寺僧宝亀三年之間長義
眼目暗盲逕五月許日夜恥悲屈請衆僧三日三夜読
誦金剛般若経便目開明如故乎也般若験力甚大高哉

（24オ）

重斤取人物復寫法花經以現得善惡報縁第廿二
他田舎人蝦夷二合衣比主者信濃國小縣郡跡目里人也多有財
寶銭稲出挙蝦夷奉寫法花經二遍毎遍設會講讀
既之後思議猶不足心更致繕寫准先供養寶龜四年
癸丑夏四月下旬蝦夷忽卒丁亥死妻子量言丙年之故
不燒失點地作墓殯以置之死經七日而甦告言使者
四人共副將往初往廣野次有卒坂登於坂上觀有大

櫬杖是時也ゝ視前路ゝ有掃人以箒掃路言奉寫法花
經之人從此路往故我掃淨耳也待之前有深河廣一町
許其河度椅有掃人家其椅掃理言奉寫法花經之人
從此椅度故我掃理到待訖椅彼方黄金宮其宮有王
椅本有三衢一道廣平一道草小生一道以藪而塞之
邀塞於其衢一人入宮白召王見之言此奉寫法花經之人
則示於草小生道言從此道將罪人向熱鐵柱所令抱

以柱縛鐵熟燒著背令抱歷三日夜令抱銅柱縛銅
柱熱者背而抱又逕三日極熱如燒鐵銅柱熱非熱
非寒縛鐵柱重非重非輕至一葉所列唯欲抱荷令歷
今日乃至三僧問驗覆言汝知此受不也答不知也僧復
問言汝作何善答我奉寫法花經三部唯一部未供養也
枕者三枚二枚金枕一枚鐵枕然所以者二枚重倍稱一枕稱
背此稱一枕下時僧言枝枕之荷寄如汝白教寫三部法

花乙乗雖寫大乗而作重罪所以者何將用斤二者年
乙時用於輕斤徵債之日於重斤收所以召乙急還棄
出所乙人以慈悲掃通作橋言率寫法花経乙又德閻羅王
安置遂來乙成橋了後見難遂能而後載所寫乙経壊
発信心講讀供養已乙
所乞寺物後将寫大般若遂能現得善惡報縁第廿二
大伴連忍勝者信濃國小縣郡嬢里人也大伴連等同心

（26オ）

其里中作堂為氏寺忍勝為欲寫大般若經發願集物剃
除鬚髮著袈裟受戒修道常住彼堂宝龜五年甲寅
春三月被人讒言檀越所打損而死（檀越者所忍勝之同屬也）眷屬議曰
之斷殺人之罪故輙不燒點地作冢殯收而置然經
五日乃甦也語親屬言使五人共副而往之道頭有甚
嶮坂登於坂上而踟躕（二合多知母佐与比弖）見有三大道一道平廣
一道草生荒一道以藪而塞衢中有王使白言召王

随其従者道将五使衛往道直末有大釜之湯気如焔涌沸
如浪沸鳴如雷即取忍勝并投彼釜之冷破裂而四
破爰三僧お来問忍勝言汝作何善答我不作善唯欲
写大般若経六百巻故先発願而未書写于时お三鐵札
挟之如皆白僧告之言汝実発願而出家脩道雖是善而
所用之下住堂之物故摧汝身之之還畢願復償堂物後放
還来至三大衢従坂而下即見甦逃漸乃発願之而用物

之完是錢抱罪地獄答言大般若經云凡錢一文至廿日
倍一百七十四万三貫九百七十八文在於寺物一文錢莫用
濟流大海敬稱尺迦佛名得全命縁第廿四
長男紀臣馬養者紀伊國海部郡吉備郷人小男中臣連
祖父九者同國海部郡濱中郷人至紀萬侶朝臣居住於
同國日高郡之潮結網捕魚馬養祖父麻呂二人傭賃
而受年價從萬侶朝臣晝夜不憩役使引網捕

白壁天皇世宝亀六年乙卯夏六月十六日天下吹旋
風降暴雨潮漲大水流於雑木萬呂朝臣差駈使取
於流木吾男小男二人取木編桴乗於同時桴逆々往上
甚急絶縄解機過潮入海々人各得一木乗漂流於海我海
二人々不知唯稱南无無量空之難令解脫之人迦牟尼仏哭叫
不息其小男者逕々五日夕時淡路國南面田野浦燒塩々
人住処依泊也其男馬養逕六日寅卯時亦同処依泊

（28オ）

当国人亦見之而状以憑養申当国之司聞見之悲賑給糧
之寡歎之従殺生人云又苦无量我亦家還到彼復駈使猶
猶不止殺生之業留淡路国之其寺従之寺僧長寓逕之二
月歸来本妻子見之面目驚青発驚悼之入海溺死逕七七
日而為看日之斎既訖又不思之外何活還来為夢若
鬼魅欤焉発向妻子具陳先之状是妻子聞之相悲喜之
焉発心厭世入山修法見聞之者莫不奇異之海中漂

誰ゝ全命存身是人運業来之威法海中之能済之深信

之現報猶如是也况後報乎 備償 知加良川久乃比天 聟 女之夫也 来川比 側 草支敞財

強非理以徴債取多倍而現得悪死報縁第廿六

田中真人廣虫女者讃岐國美貴郡大領外従六位上小屋縣

主宮手之妻也産生八子富貴寳多有馬牛奴婢稲錢

田畠天年无道慳无給与酒加水沽取多直貸日与小斤償

日受大斤出挙時用小斤償時以大斤息利強徴太甚非

(29オ)

理或十倍徴或百倍徴債了人渋而不為甘心多人
憂愁棄家逃亡跉跰他国乏逾此甚廣虫女以宝亀
七年六月一日臥病床歴数日至七月廿日呼集其
夫并八男子語夢見状言閻羅王所召示三種夢
一者三宝物多用不報之罪二者沽酒加水取多
直之罪三者斗升斤両種用与他時用小乞徴
時用大而収依此罪召汝應乃現報之来汝而語夢即

死逕二七日不焼而置請集禅師優婆塞卅二人卅九
日之頃發願修福其七日夕更甦還之棺蓋自開
於是望棺而見甚臭无比自腰上方既成牛額生
角四寸許二手作牛足爪皴似牛甲自腰下方成人
形嫌飯噉草食已齝齝裸衣不着臥於糞土
東西人怪之走集遊覩瞟覩莫息大領及男女之
愧恥感慟五躰投地發願无量為贖罪故三井寺

進入家内雜財物東大寺進入牛七十頭馬卅疋
墾田廿町稲四千束負他債物皆既免了國司郡
司見將送解官之比頃經五日已死舉國惣郡見聞
之人悝然傑然不睠因果非理乞義是以定知非理
現報之義無報矣現報猶然況亦經說云如作役
債物不償作牛馬償之〻負人如奴物主如君負人
如鶏物主如鷹唯負債物徴非分返作牛馬更役償

人奴莫色傲也 旌ルミヒタ 債母乃ゝ加比年 道佐也 洽阿万祢文 息利伊良之毛乃那里 大ゝ集湿ゝゝ 唫跡佐須良不百者也 疲鈹佐介夫 鏤二合可无

威悪也 慟病也 比須古毛保比 懇毛加ゝ那加良 営談那介ゝ久 擬ゝ類

債ゝ乃九

髑髏目穴笋揭脱以祈之示霊表縁第廿六

白壁天皇世宝亀九年戊午冬十二月下旬備後国

葦田郡大山里人品知牧人為買正月物向同国深津

市乃往中路日晩次葦田郡於葦田竹原宿之有
呻音言痛目哉牧人聞之竟夜不寝而蹲明日見之
有一髑髏筍生目穴之所串之揚竹解脱自可食飼坐
饗之言吾今得福到市買物毎如意欤彼髑髏
為祈報恩之従市迎来次同竹原時彼髑髏而現
生形而語之言吾者葦田郡穴屋郷穴君弟公也
賊伯父秋麻呂所殺是也風吹毎動我目甚痛蒙仁

者意痛苦既除今飢乃慶不忘其恩不勝幸感謝仁
恩父母家有一屋穴国里月晦日致於吾家非彼宵
者無由能恩牧人聞之留牧不告使人那晦暮至投
家霊挂牧人之手挂入屋内饌所具饍以饗食共食所
遺背果弄授財物良久彼霊儵忽不現父母為拝
諸霊入其屋裏見牧人而驚問於入来縁牧人於
是如先具述自於秋麻呂所殺所由如先言

与吾子倶向於市时汝負他物未償其債遇於中路
而徴乞之弟公捨而来乃来不也我吾汝言未来者
々所問何處于兄語賊盗秋麻呂惣意悸然不得隠乎
乃答之言去年十二月下旬為買正月元日物我与弟公
率往于市所持之物馬布綿塩路中日晩宿于
竹原々窃殺弟公而彼物到于深津市馬賣讃岐
國人自余物出今皆用之父母聞之驚去意于我愛子

為汝所殺非他賊同父母〻弟如葦蘆〻隟故啓
其乏史人償者不見之外便礼牧人更饗食飲食牧人
遅来〻状傳語父白曝髑髏尚故如是施食報福与
恩報恩何况現人豈忘恩乎如是経後是恩報者
其訓謂〻之　筭各ヒテ　榻奴支　腕以キキテ　沢宿也　隟斉比　燠キヽ
餉可礼伊比　動夜々母須乳波　宵夜々　楳庇之　榷川之　譏止呂比　懐牝心
樀庇之

(33オ)

旀勒丈六佛像其頸爲蟻所嚼示表縁第廿七
紀伊國名草郡貴志里有一道場号曰貴志寺其村人
造私之寺故以爲字也白壁天皇代有一優婆塞住
其寺于時寺内音呻言痛哉々々其音如老大人之
呻優婆塞聞初夜思疑行路之人得病宿起巡堂内
見求无人其寺有塔木未造淹外猶与宍朽疑斲塔
靈矣彼病呻音毎夜不息行者不得聞忍故起窺

看猶无病人。然宜後々猶於常音響首千人地覚
病呻猶疑塔霊也。明日早起見之、寺内其弥勒丈六
仏像頸断落在地。大蟻千許集、噛摧其頸。優婆塞
見之、告知檀越。々々等悲、後奉副恭敬供養矣。
聞仏非肉、何有病痛。誠知聖示現。雖然滅後法身
常存、常住不変、更莫疑之也。
村童戯刻木像、愚夫斫破以現得悪死報縁廿九

紀伊國海部仁嗜之濱中村有一愚夫姓名未詳也自
性愚癡不知因果海部与安諦道道之涯邊有山道
号曰玉坂也從濱中指正南而踰到于秦里當里小
子入山拾薪其山道側戯遊剋木以為佛像累石
為塔以戯刻佛而居石寺時〻翫戯白壁天皇之世
彼愚人唾而斂戯刻佛以斧斂棄之而所〻不遠斃
身躃地從口鼻流血兩目抜如夢忽死諒知護法非

全打不恭敬。如法花説。乃至童子戯、若草木及筆、或
以指爪甲、而畫作佛像、皆已成佛道。乃至擧一手、或復小
低頭、以此供養像、自成無上道。　村童（佐上和良波）

沙門積功作佛像臨命終時示異表縁第廿九

沙門觀規者、俗姓三間名干岐也。紀伊國名草郡人也。自
性天年、雕巧爲宗。有智得業、並統衆才。著俗營農、
蓄養妻子。先祖造寺、有名草郡能應村。号曰彌勒

寺字曰能應寺也觀規聖武天皇之代發願雕造釋迦
丈六並脇士以白壁天皇世寶龜十年己未奉造矣
居能應寺之金堂以設供養又發願雕造十一面觀音
菩薩木像高十尺許造未畢少緣歷年老耄力弱
不能自雕老僧年八十有余歳之時長岡宮御宇大八嶋國
山部天皇代延曆元年癸亥二月十一日臥于能應寺而
命終逕之二日更還甦蘇之召弟子明規言我忘一語不得

念恩故迎来之所令主床敷帶偷倉於是請箱武蔵
村主多利麻呂床卿對面共食之既訖之即從座起下
卑明観音請欲親房去跪礼於多利麻呂前観見
少分畫造合木畢観音像乃急率罷今童追還時
畫中所患伏臥蒙苦悲欲畢聖像求心之驚僅
當所望後生天宙破於観規現報切德蒙於主
不勝至賤更衣迎来奉元状陳謹白建多利麻呂

(36オ)

及以明超規等悲哭涕涙而答曰既請諾状我奉
畢沙門聞之超踊歡喜又逕二日至同月十五日召明
規言今日當仏涅槃日余亦今終明規將失其言儀
不勝愛之逕淮言白ゝ日未及彼日師是磨見之言
ゝ當十五日何我子虚言未及也乞湯洗身易著淨衣
跳合掌敬持香呂燒香向西便日中時命終之去
臨仏師多利麻呂受遺言彼十一面観音像供奉已

薨之后能直寺之僧本也賛曰嗟呼慶哉二間名干
岐之氏大徳内密聖心外現凡形著俗猶色不染
戒律臨終向西坐之神示哉是聖非凡矣雖恵而流復部又流

女人産石以之為神而斎縁第三十

美濃国方県郡水野郷楠見村一女姓県氏也年迄
廿有余歳不嫁未通而身懐妊逕之三年山部天皇代
延暦元年癸亥春二月下旬産二石方五寸一色青

白斑一色専青毎年増長有比郡名曰厚見是郡部
内有大神名曰伊奈婆託卜者言其産二石是我子
因其女家内立忌籬斎従古今来未都見聞也
亦我聖朝奇異之事矣　託卜者加美奈伎斎拝都人
用網漁夫値海中難憑妙見菩薩得全命縁　第卅二
呉原忌寸名妹丸大和国高市郡波多里人也自幼
作網捕魚為業延暦二年甲子秋八月十九日之夜到

紀伊國海部郡内於伊多岐嶋与淡路國之間海下網
捕魚之人三舟乗有九人忽大風吹破彼三舟八人溺死
時若妹丸倒之於海至心陥於妙見菩薩願之言贖哉
命量云我身作妙見像漂海振波寝身或心非常存
覺之眼覺眼身在彼部内致田浦濱之草上其只有前
濟量於己身作像以發鳴呼奇哉遇風破舟撃彼之死
人畢唯一人存怒力作像定知妙見之助漂着信力也

（38オ）

刑罸賤沙弥乞食以現得頓悪死縁第卅三
紀直吉足者紀伊国日高郡別里椅家長公也天骨無性
不信因果延暦四年乙丑夏五月国司巡行郡内於正
税至于其郡下于正税与班佰姓有自度字曰伊勢沙
弥誦持薬師経十二薬叉神名歴里乞食就於給正税
之人乞稲臻於厥為人之門二乞見彼乞者不施乞物蔵
其荷稲亦剥袈裟為梱追之沙弥逃隠于其別寺僧

坊西人盗遁補吏所已問捜持大石當時放鎮る由遁て日誤
其下二菜又殊名覺縛於我汝旅備辞ゝ西人猶謹之
不勝旅固遁一遍度遁終後不久辞地与犯更不再数伝
法加罰雖自度師猶恐隠列寸人史化中投物故云已
懸吹毛不可求疵失者三賢十聖有免下誹戒之
者謗斬善有法可斬所以十輪経云薝蔔花雖萎
猶勝諸花破戒諸比丘猶勝諸外道設於家人己上於枕

（39オ）

戒〻乃有戒〻乃有二〻乃至無量從是若百億俱胝無〻此義将
云若無不能障佛道從備色時多人信破煩悩障佛道
是并樂求伎浴不染矣像法決疑経云未来世中俗官
莫令使比丘輸税乃雇賃税者乃罪亦無量一切俗人不得
乗騎三宝牛馬檛打三宝奴婢及以六畜不得〻其
三宝奴婢礼拝乃有犯者皆乃殃咎云〻　又如経論後謹
比丘着雖是袈裟云〻重衣金玉堅貪〻〻間乞蓄其衣猶

慷慨惜遣乀財不布施所積怨人知捨財空手去臓
蔵中之観文銭財若五家共有何五家一縣官非
理来剥ハクフ二者賊偸来切奪三者忽愚為水漂流四者
災起火起不覺焚燒五者悪子无理費用之後并
歡喜布施　躡阿斯袮皮利臻佐知之呂之櫨村之南于波宇使宇延
怨病嬰身因之受戒行善以現得愈怨病縁第卅三
巨勢部呰女者紀伊國名草郡埴生里之女也（字空

（40オ）

字五年辛丑五月病嬰所以頸生瘻肉疽如大苽痛苦如切
歴年未愈自謂宿業所招非但現報贖罪業病不如
修善剃除髪受戒著之袈裟住其里於大谷堂誦持
之経行道為業逕十五年行者忠仙来共住堂忠仙
見之此病相憫看病看護念発願言為令息是病年
讀薬師金剛般若各三千巻観世音経一万巻観音
三昧経一百巻逕歴十六年奉讀薬師経二千五百

巻金剛般若經一千巻觀音經二百巻唯千手陀羅尼
呪間誦之未満巻數從受病時以来逕之廿八年至於延
暦六年丁卯冬十一月廿七日之辰時癭腫癰疽自然開流
出膿血平復如故寔知大乗神呪奇之力病人行之者
積功之濃無縁大悲至感之者猶於無形無相妙智
信之者異於明色者其斯謂之矣　癭 門直
假官勢非理為政得報縁第卅四

白壁天皇之世筑紫肥前国松浦郡人火君之氏忽死
至閻魔国时王撿之不合死斯故返遣时見之大海中
有如釜地獄其中如黒椊浮〻物〻浦返流浮出告火君
将何物来即亦浦返流入後浮出言将何物白如是三
遍弟四遍言我是遠江国榛原郡人物部古麻呂也
在世时白米綱丁而経数年佰姓之物非理打徴由其
罪報受之火也苦報為我寫法花経贖我之罪人

委見聞目黄泉甦還、来白具状、於大宰府、乃状
状牒解朝庭。不信故、大弁官破萱泉之言、状而継貴
往廿年之後、従四位上毛野朝臣貴道任其官、上見之、彼
此參之山部天皇聞之、靖施暾僧頭之都之言、古聞衆生
至地獄之文言、往廿余年先哉不之。僧巻白之文言之旅之
何知人間百日為一日夜、故先之天皇聞之、楯旗勅言
使於遠江令話古九之行年方乃聞之、如狀不之審

(42オ)

天皇信悲奉為写法花経一部花経六万九千三百八十
四文字勧率知識也天皇太子大臣百官皆悉率加入
其知識也天皇勅請善珠大徳為講師請施暁僧頭
為読師於平城宮野寺備大法会講読福校
彼霊之善是嗚呼歎哉吉凶因于狐借帰職勢苻
理為政之又直之非名不貶因果之賊以大甚之在因果
椁之之世　鄙倭諾乃止沈栄之流可称又之賤之

減塔階作寺幢得悪報縁　第卅六
正一位藤原朝臣永手者諾楽宮御宇白壁天皇之代時
太政大臣也延暦元年頃大臣之子從四位上家依爲父患
共夕見已白父言不知兵士卅餘人来召父尊無急相投
直謝除雖然白發驚而父不趣然父亡時子家依得病
歷数請召禪師優婆塞令呪護猶未愈然看病者
中有一禪師發誓言凢佛法驗呪大云救也活命令

我寺施病者代方仏法賣病人命業命不眠手於
置燈燒香行道讀陀羅尼急去之轉時有着施言
我永手也我〻作于法花寺幢後西大寺八角塔四角
七層減五層也由此罪召我於閻羅王闕令抱火柱
釘打立我手於〻間打迫〻閻羅王宮内大煙満覚問
所燻吞因示手〻子家依病白病看禅師香炷煙
所王免我積還腕絶我將賊之一町生病故中道酒採

（43ウ）

□之不合称者々飯々倉者之楠也居之幢是招勝王経
善因之標是故三世仏舎利之宝蔵之故倒幢得罪
豈倍高識被罪也不直不悲是迺現報也
慙ヤスミリ　憑於之清　燐於文比　槌擧師

不顧因果作悪受罪報縁第卅六
従四位上佐伯宿祢伊多知者平城宮御宇天皇世人也
于時京中人下於筑紫乃病忽死亡至閻羅王闕不見衣

（44オ）

自聞之卿音大驚之所打有人青叫言痛哉々々各打偏問
汝夫言為此人在世時作何善彼夫答曰唯奉之寫法花経
一部王言以彼罪充経巻々雖充巻々罪数倍勝又量又
我亦充経六万九千三百八十四文字猶罪数倍又数之曰
何生相手王言必許見之世間衆生作罪受文若其見如此人大
悪作罪窃同倍人此所打之人非答言依絹写経作多知
如彼死人能聞於僕自黄泉還来自見之即甦之後讃

悪之状我大宰付之不信其事状故人傳使之宗欺之佰
然平京中之伊多知卿之投閻羅王闕見伊多知之苦之
状叫妻子等聞之懇歎之言寺経七日功徳恩靈石
此福然人何蜀道趣苗之文屬若称更奉寫法花經一
部恭敬供養追救靈苦也此亦奇異之事也司其之斯許之言
被緣由
災表相先現之後其災若被緣第卅七
山部天皇御世延暦三年歳次甲子冬十一月八日乙巳日

夜自戌時至于寅時天星悉動繽紛亂飛同月十一日
戊申天皇與早良皇太子自諾楽宮移坐于長岡宮
也天皇都遷之是天星移宮之表也延暦乙丑年秋九月
十五日之夜竟夜月面黒之清失空闇之同月廿三日
亥時式部卿正三位藤原朝臣種継於長岡宮嶋町
為近衛舎人雄鹿宿禰木積波々岐将丸所射
死之彼見表之者是種継卿之死之表相之同天皇

衛士延暦六年丁卯秋九月朔四日甲寅酉時僧
景戒発慙心憂愁嗟嗚呼恥哉生世命存
身无便等流果所引而結愛網業煩悩所纏而
継生死馳于八方以炬生身居于俗家而蓄妻
子无養物无食物无菜无塩无衣无薪毎万物无而
思愁之我心不安昼復飢寒我先世不修布施行
鄙哉我心微行哉然而寝之子時夢見乞食者

（46オ）

木於景戒之家備住者訖言帳上尓切遮着以一丈七尺
長身帳下尓善切遮者以一丈之長身髪景戒向
之迴頭面膝乞人者有紀伊國名草郡部内楠
見粟村沙弥鏡日之就縁見之其沙弥尓有二丈
許廬一尺人許板札於着彼一丈七尺与三尺之景戒見
之問斯帳上尓与下善切遮人之身尓那蒼惟批之爰
景戒發慙愧心迎楢懸有側之人而之當言鳴呼當

我即見我時炊白米数斗奉升許経継乞若完無文
奇即者書奏授見我言此書写取度人勝吉見我負
之此言語後長易集也愛見我悪何乞紙乞食沙弥
答右大垢授見我言於斯写之我緑他處乞食還来
我量板札并書写去爰見我斯沙弥常非乞食之
人何謹乞食那有人奏言子報之有乞奏言之物乞食
答也量奏言来千辞喉縁屋示走沙弥者猶音士宴他

(47オ)

何以故未更具戒名為沙弥観音示介雖感一万甕饒
發之情故居身住乞食者普門示現卅三身之上品
丈七尺人者浄土一万之因果之一丈者劫報果因満足
足者為得教不満故下品一丈者人天有漏之善果之報
慚愧之心弾指所以懺者本有種子福智不失善之機所
以懺者以後善之慚愧者剃除髯髪被着袈裟之
指者景戒罪以福我之丈所以唯有五尺人拿者五人終五尺

界之條名不定種性因緣而来之術故非人非一穀不生之數

[illegible]善五道得之敬白米獻也者為得大白牛車昔普發願

得佛寫大乘經典善因之乞者為[illegible]足[illegible]之[illegible]所

敬之校書者新著二條[illegible]之[illegible]者之書[illegible]婦[illegible]

有善種子之蒔所霑後久不現形由聽善法後萌發之

我從他處乞食還來見從他處乞食者欲生人聖道

此馳法[illegible]救有情之還[illegible]者[illegible]所敬[illegible]人以福[illegible]

（48オ）

智恵之書巻々合々人　景戒不修能討之所感之佰
教乞食者々夜所欲衛招福来之子有多殺者所化
死生之無眷々物者之猪性死生々感似乞食之者合
眷者乃人天積々之信景戒夢又自壬字延暦七年戊辰
春三月十七日己丑夜夢見景戒身死之時積薪焼死
聚々又景戒々魂未去於焼死身々乃見々立々於焼
即自取所楉所焼之燃不當串挑返焼乞教他焼之然

人言我能燒之景戒見之所燒之身之脚膝節骨臂頭
皆所燒斷落逝爰景戒之神識出声而叫有側人
耳當口而叫教語遺言彼諸人空不聞不答故人眷
爰景戒惟忖死人之神无音故我叫之音不聞也夢
答未來唯之者若得長命若得官位之自今已
後待夢見答与知之耳然延暦十四年乙亥冬十二月卅
日景戒傳燈住位之同近皇年賊落治之不廻而十六年

（49オ）

丁丑夏四五箇月頃景戒之室毎夜ヽ狐鳴並景戒
之私造堂壁狐堀入内佛性上屎矢穢或昼向於
屋戸ヽ鳴然経之二百廿余箇日十二月十七日景戒之
男死也又十八年己卯十二月頃景戒之家狐鳴又
時ヽ蜂鳴也　又十九年庚辰正月十二日景戒之馬死
又同月廿五日馬死也是以當知災表先兆而後其實災
来祓也景戒未推軒轅黄帝即陰陽術未得天台

智者之甚深解故不知究実之由而更立悪口不推深
実之術而家滅愁不勤不可不恐
雄旻辛加尤也須之寝於天所流把不善多撃不当都服生寸毛岐梳可受
矢麻利蜂此自夏牟之焼加吉忌止流
智行並具禅師重得人身生国皇之子縁第卅八
釋善珠禅師者俗姓跡連也母負之姓而為跡氏幼
時随母居住大和国山部郡磯城嶋村得度情勤惣学
智行雙有皇臣見敬道俗所貴弘法導人以為行

（50オ）

慕被禅師之頤右方有大黶也平城宮治天下山部天皇
御世延暦十七年之比頃禅師善珠命終時依俗法問
占時神霊託卜者言我必宿於日本国王夫人丹治比
嬢女之胎将生王子吾面黶著生以知虚實而今
然之後延暦十八年之比頃丹治比夫人誕生一王子其頤
右方黶在以先善珠禅師之面黶不失而著生故
知名号大徳親王託經三年許存也三薨之間飯占時

大徳親王之霊託卜者云我是善珠比丘也暫間
生國王之子同可為吾燒香供養之是故當知善珠
大徳重得人身生人王之子矣
依妨修行者以得猴身縁第卅九
近江國野洲郡内御上嶺有神社名曰陀我大神依
封六戸社邊有堂白壁天皇御世寳亀年中其
堂居住大安寺僧恵勝暫間修行時夢人語言為

（51オ）

我従経教為僧恵勝明□□白猴現来言修此道場為
我読法花経問曰汝誰猴那答言我東天竺国
大王也彼国有修行僧従者数千人故農業闕因
我制言従者莫多其時我禁従衆但不妨修行
人雖不禁修行而妨従衆故成罪猶後受此猴
身成此社神故為脱此身居住此堂為我読法花
経僧言然者供養何物乎時猴言無物種々供養僧

封戸稲〻有此〻〻是我供養料今後從積蓄吉
頼遅難賜於我而有典皇会〻不已〻物不死哉〻
他不用　蓋即求於司也　僧言又供養者何将正闍梨
獲答云我近江浅井郡有諸比丘将読六巻抄故我入
其知識　件国因郡篋　此念施随獲語注告檀越山
階寺満預大法師陳獲語師言〻此不獲語之我爲
不信不受文不讀即将〻六巻抄力役〻須堂童子櫃

婆塞〻忽〻之走來不自擬在堂上後見之九間大堂無
悉微塵皆悉折摧佛像皆破僧房皆仆見滅〻唯
院悉破損檀越曰僧更作七間堂彼施主大哭名
稱之語聞人知識云後所願之笑樹并成大非所願也
〻千五十部意竟都無障雖無妨於善遂僅得
成就稱歎于是故壊動催猶不亭妨於為三災故首
至羅睺羅作國王時為一獨覺見不參乞食入懷中

經七日次甦依此罪報雖不生六年在母胎中之
言所謂之矣
昔有一僧名曰圓勢是百濟國之人住於日本國之
和國葛木高宮寺時有一法師而住北坊名号願覺
也其師常朝旦於里出以夕來入坊居為常業時
圓勢之弟子優婆塞見之白師師答之莫言默然優
婆塞竊穿坊壁而窺之其室内放光照見也

優婆塞見之後白師々答之言我有故秘隠汝莫言我
後能覺忍我今從時同期師告弟子優婆塞
葬燒收即葬師告曰燒收訖我後竟優婆塞往
於近江州有人言於是有能覺師即優婆塞得見
而曾能覺師也逢優婆塞曰後々比不謁慈是
亦同起居不違也當知是一世及他世食立牽之徒
甲劃之一此人用會共之人一心得罪耶

伊豫國神野郡部内有山名号石鎚山是則
彼山有石鎚神之名其山甚高嶮而凡夫不得登
到但浄行人耳登到而住者諸楽宮廿二年
治天下勝寶應真聖武太上天皇之御世天因覚

日本國現報善悪霊異記巻下

嘉禎二年丙申六月三日未時書了
末資[illegible]

（54オ）

金剛佛子源秀〻

心蓮院

参考図版

収納桐箱の蓋上面

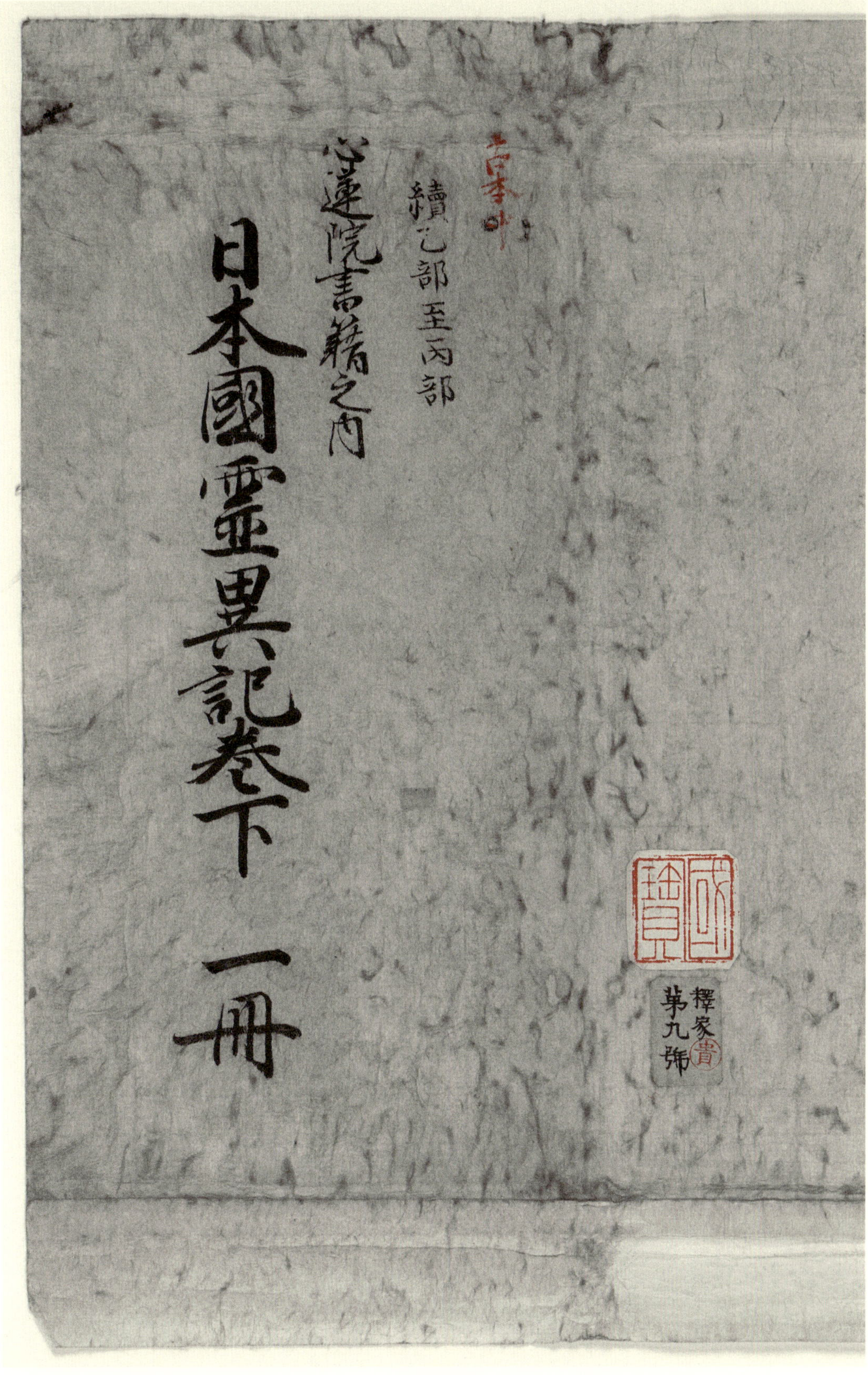

包紙の題

尊経閣文庫所蔵

『日本霊異記』解説

吉岡眞之
沖森卓也

尊経閣文庫所蔵『日本霊異記』の書誌

吉岡眞之

一　『日本霊異記』の概要

『日本霊異記』は上・中・下三巻からなる日本最古の仏教説話集であり、文学研究上、また歴史研究上でも重要な位置を占めている。書名については、各巻の冒頭および巻末に「日本国現報善悪霊異記」（ただし真福寺本の下巻尾題は「大日本国現報善悪霊異記」）と題しており、また上巻の序にも「号曰二日本国現報善悪霊異記一」と見え、これが正式なものである。

本書の撰述者については、本書上・下巻の巻頭に「諾楽右京薬師寺沙門景戒録」、また下巻の巻末に「諾楽右京薬師寺伝法住位僧景戒録」云々とあることにより、薬師寺僧景戒と考えられるが、その伝や生没年などは不明である。

景戒が本書を撰述した時期については明証がないが、（一）本書中、最も新しい年紀が延暦十九年（八〇〇）正月二十五日（下巻第三十八縁）であること、（二）下巻第十四および十六縁に「越前国加賀郡」とあり、弘仁十四年（八二三）二月三日に越前国から江沼・加賀両郡を割いて加賀国を設置（『類聚三代格』）した事実を知らないことなどから、最終的な完成は弘仁年間の頃と推定されている。ただしそこにいたるまでには追補が行われたと考えられ、延暦初年の頃に初稿本が成立していたと推定されている（以上、日本古典文学大系『日本霊異記』解説、春日和男執筆）。

次に本書の諸本についてふれるが、これについては小泉道氏の『日本霊異記諸本の研究』（一九八九年、清文堂）があり、現存の主要な写本である興福寺本・真福寺本・来迎院本・前田家本（尊経閣文庫本）・金剛三昧院本についての研究が行われている。尊経閣文庫本については次項で述べることとし、ここではそれを除く四本について、書誌的情報を中心に、小泉氏の研究に依拠して概略を述べるにとどめる。

（1）興福寺本

巻子本。上巻のみ。一九二二年に興福寺東金堂から発見されたもので、若干の破損があるが、首尾完備している。句読点・送り仮名も含め、書き入れは全くない。「延喜四年五月十九日午時許写已畢」云々の奥書があるが、これは本書の書写時期を示すものではなく、本書の書写はこれよりやや下ると推定されている。中国・北朝時代撰の例話集『金蔵要集論』の紙背に書写されている。諸本の中でも最古の写本であり、本文には後人の私意による改変は認められない。一九三四年に便利堂より複製が刊行されている。日本古典文

学大系本（一九六七年、岩波書店）の底本に用いられている。

（2）真福寺本

中・下の二巻の巻子本。両巻とも巻首を欠き、下巻の一部にも若干の破損がある。奥書はないが、平安末～鎌倉前期ころの書写と推定されている。小泉氏によれば、下巻は本文・訓釈ともに整理の手があまり加わっていない写本を書写したとみられるのに対して、中巻は整理が加えられた写本を書写したものという。日本古典文学大系本の底本に用いられている。

（3）来迎院本

中・下二冊の列帖装冊子本。一九七三年に発見された。全体に破損が甚だしい。中巻は後半を欠失しているが、二八丁を残し、下巻は中間および末尾を若干欠き、六一丁を残している。奥書の存否は不明であるが、一二世紀初頭ころの書写とみられ、中・下巻の写本としては最古のものである。一九七七年に日本古典文学会の監修による複製が刊行されている（ほるぷ出版）。新潮日本古典集成本（一九八四年、新潮社）の対校本として用いられ、また日本古典文学全集本（一九七五年、小学館）に中巻の序文が底本として採用されている。

（4）金剛三昧院本

原本は所在不明であるが、昭和初年ころには高野山金剛三昧院に三巻の巻子本が所蔵されていた可能性があるという。延宝八年（一六八〇）に水戸彰考館の史官が原本を書写したものの転写本（三冊本）が流布している。その本奥書には「建保弐年甲戌六月　日酉剋計書写了」（国会図書館本）とみえる。

二　尊経閣文庫本について

尊経閣文庫本（以下、前田本と略称する）は巻下の一冊のみを伝える。前田本は「尊経閣叢刊」に加えられて一九三一年に影印刊行されている。

以下においては本書の書誌を中心に述べることとする。

1　箱および包紙

前田本は奉書の包紙（縦三二・一センチメートル、横四七・三センチメートル）に包まれ、桐箱（縦三〇・〇センチメートル、横一八・九センチメートル、高三・七センチメートル）に納められている。包紙には

日本國霊異記巻下　一冊

心蓮院書籍之内

續乙部至内部

『（朱書）古本中。下』

と記され、「國／寶」の朱印を捺した紙片（縦三・〇センチメートル、横二・九センチメートル）および「釋家貴／第九號」（貴は朱印）と墨書された紙片（縦二・七センチメートル、横一・八センチメートル）を

貼付している（参考図版一二四頁参照）。

また桐箱の表には「靈異記」と墨書し（参考図版一二三頁参照）、下方側面には「國／寶」の朱印を捺した紙片（縦三・四センチメートル、横三・四センチメートル）および「釋家㊞／第九號／日本國現報／善悪靈異／記」（㊞は朱印）と墨書した紙片（縦四・一センチメートル、横五・九センチメートル）を貼付している。

2　様態

次に前田本の様態について述べる。

i　装幀・表紙・印記・識語など

前田本は縦二六・二センチメートル、横一五・四センチメートル。装幀は列帖装で、七枚の料紙を重ね折って一括とし、全四括からなっている。

第一括（五〜三二頁）

原表紙・遊紙

第一葉（オ）〜第一二葉（ウ）

第二括（三三〜六〇頁）

第一三葉（オ）〜第二六葉（ウ）

第三括（六一〜八八頁）

第二七葉（オ）〜第四〇葉（ウ）

第四括（八九〜一一九頁）

第四一葉（オ）〜第五四葉（ウ）

遊紙・原裏表紙

第一括の第一葉が原表紙で、これと第二葉の遊紙には裏打ちが施されている。原表紙の上には書状を反故して裏打ちを加えた後補の表紙を付している。

なお第四括最終葉（原裏表紙）は後補の裏表紙に貼り付けられているが、貼り付けられた第四括最終葉と後補裏表紙の左端には約〇・八センチメートルのズレが認められる（一一九頁参照）。これは後補表紙を付加するに当たって行われた以下のような〝細工〟によるものである。現状を観察すると、本書第四一葉オモテ（八九頁）の左端の余白が他より狭い。他方、ノドの部分の余白は他に比べて広く、またそこには裏表紙の折り返しが覗いており、折り返した部分を本紙に貼り付けている。この第四一葉は第四括の第一葉に当たり、最終葉（一一九頁）とは同一の料紙である。以上の様態から、裏表紙を新たに付加するに当たって次のような操作が行われたと推定される。まず、第四一葉オモテの左端を約〇・八センチメートルほど裁ち落とした後に、元来の折り目をずらして折り直し、後補裏表紙を装着する際に折り返し部分が第一行目の文字にかかることを回避したものと考えられる。

オモテの後補表紙についても同様の操作は行われており、第一括の最終葉のウラ（三二頁）のノドの部分に後補表紙の折り返し部分が認められる。ただしこの場合は折り返しが文字にかかることはな

く、したがって料紙の裁ち落とし、折り直しなどは行われていない。

なお、第一二葉オモテ（三一頁）のノドの部分に、巻頭の遊紙に施されている裏打紙の左端が貼り付けられており、それが第一行目の文字の一部にかかっている。

後補の表紙には

傳領頼岑
（別筆）「乙　第十四箱」

と墨書し、また原表紙には

日本國霊異記巻下

と墨書されている。また首題・尾題はいずれも「日本國現報善悪霊異記巻下」とある。尾題の次に

日本國善悪現報霊異記下

嘉禎二年^{丙申}三月三日書寫畢　　右筆禅恵

の書写奥書があり、さらに巻末の遊紙に以下の識語がある。

金剛佛子源秀之
（別筆）「心蓮院」

これらの内、原表紙外題・首題・尾題・書写奥書は同筆である。書写奥書に見える「右筆禅恵」については、『仁和寺諸院家記（恵山書写本）』下（『仁和寺史料　寺誌編一』一九六四年、奈良国立文化財研究所）の法勝院の項に、

禅恵法印　按察使、信瑜僧都弟子、禅助僧正重受、
正応元四月十一日、任権律師、同五年九月廿七日、任少僧都、永仁六年七月七日、叙法印、

と見え、永仁六年（一二九八）に法印に叙された「禅恵法印」が見えるが、これが同一人物であるかどうかは確証がない。

なお本文第一葉の右下端に「仁和寺／心蓮院」の重郭長方陽刻朱印（縦四・六センチメートル、横二・九センチメートル）を捺す。

以上の識語・印記などにより、本書は嘉禎二年（一二三六）の書写本であり、もと仁和寺心蓮院の所蔵にかかるものであったことが判明する。ただしその後の伝来の経緯については、必ずしも明確ではなく、「頼岑」「源秀之」などの人物についての解明が求められる。

ii　本　文

前田本の料紙は斐紙混じりの楮紙かと思われる。本文は書写奥書も含めて一筆。半葉七行、一行二二字前後。各葉には、表裏の原表紙も含め、天地各一、縦各七の押界がある。料紙を二、三枚重ねて

界線を施したものと見られ、押界の濃淡が交互に認められる。

本紙には全体にわたって虫損箇所に繕い紙があてられている。また本文には（1）ミセケチを付して文字を抹消し訂正する、（2）抹消符（ミセケチ、ヒ）により文字を抹消する、（3）文字を傍書する、（4）重ね書きにより文字を訂正する、（5）挿入符により字間に文字を挿入する、などの本文の改竄が認められるほか、多数の傍訓が存在する。これらのうちには、例えば第一六葉オモテ（三九頁）六行目四字目の傍書「英」のように明らかに本文と異筆のものもあるが、大部分は本文と同筆と推定される。

次に、前田本の本文に関しては、すでに広く知られていることではあるが、記事の配列が真福寺本と異なっていること、訓釈の形式が前半と後半で異なること、および前半には本文に省略があること、の三点の特徴が認められる。訓釈の問題の詳細については沖森卓也氏の解説に譲り、他の二点について触れておく。

イ　記事の配列について

後に掲載する真福寺本との対照表に見られるように、前田本第二十三縁までは真福寺本と変わらないが、真福寺本の第二十四縁が前田本では第三十九縁として末尾に置かれている。このため、前田本第二十四縁以下については、真福寺本との間にずれが生じている。なお、前田本第三十九縁は、真福寺本下巻第二十四縁、興福寺本上巻第四縁の一部、および真福寺本下巻第三十九縁の一部から成っている。

ロ　本文の省略について

第二十三縁までは、第三縁を除き、各縁の末尾に「云々」と記し、もしくは何も記さずに、文章が省略されているが、前田本第二十四縁以下には省略はない。

このように記事の配列の相異、本文の省略の有無がいずれも第二十三縁を境界として生じており、また訓釈の形式にも前半と後半では相異があることが沖森氏の解説に指摘されている。このような点を踏まえて、下巻の元来の姿は第二十三縁までであったとの見解（「尊経閣叢刊」解説）をはじめ、前田本の性格についていくつかの異なる見解が示されており、解決すべき課題が残されている。

［主要参考文献］

『日本霊異記』を主題とする論著は枚挙にいとまがない。ここでは本稿に関連する書籍の一部を掲げるにとどめる。

尊経閣叢刊『日本霊異記』（一九三一年、育徳財団）
日本古典文学大系『日本霊異記』（一九六七年、岩波書店）
日本古典文学全集『日本霊異記』（一九七五年、小学館）
新潮日本古典集成『日本霊異記』（一九八四年、新潮社）
新日本古典文学大系『日本霊異記』（一九九六年、岩波書店）
小泉道『日本霊異記諸本の研究』（一九八九年、清文堂）

尊経閣文庫本・真福寺本対照表

説話番号	尊経閣文庫本	真福寺本（新日本古典文学大系本による）
第一	憶持法花経者舌著之曝髑髏中不朽縁	憶持法花経者舌著之曝髑髏中不朽縁
第二	殺生命結怨作狐狗互相報怨縁	殺生物命結怨作狐狗互相報怨縁
第三	沙門憑願十一面観音像得現報縁	沙門憑願十一面観音像得現報縁
第四	沙門誦持方広大乗沈海不溺縁	沙門誦持方広大乗沈海不溺縁
第五	妙見菩薩変化示異形顕盗人縁	妙見菩薩変化示異形顕盗人縁
第六	魚化作法花経覆俗誹縁	禅師将食魚化作法花経覆俗誹縁
第七	被観音木像助脱王難縁	被観音木像之助脱王難縁
第八	弥勒菩薩応於所願示奇形縁	弥勒菩薩応於所願示奇形縁
第九	閻羅王示奇表勧人令修善縁	閻羅王示奇表勧人令修善縁
第十	如法奉写法花経不火焼縁	如法奉写法華経火不焼縁
第十一	盲目女人帰敬薬師仏木像現得明眼縁	二目盲女人帰敬薬師仏木像以現得明眼縁
第十二	二目盲男敬称千手観音日摩尼手現得明眼縁	二目盲男敬称千手観音日摩尼手以現得明眼縁
第十三	将写法花経建願人在暗穴内依願力得全命縁	将写法花経建願人断日在暗穴頼願力得全命縁
第十四	拍持千手咒者以現得悪死報縁	拍于憶持千手呪者以現得悪死報縁
第十五	撃沙弥乞食現得悪死報縁	撃沙弥乞食以現得悪死報縁
第十六	女人濫嫁飢子乳故得現報縁	女人濫嫁飢子乳故得現報縁
第十七	未作畢仏像出呻音示音縁	未作畢攝像出呻音示奇表縁
第十八	奉写法花経々師為邪婬現得悪死報縁	奉写法花経々師為邪婬以現得悪死報縁
第十九	産生肉団作女子修善化人縁	産生肉団之作女子修善化人縁

第二十	奉写法花経女人過失以現口喎斜縁	誹之奉写法花経女人過失以現口喎斜縁
第二十一	沙門目眼盲使読金剛般若経得明眼縁	沙門因目眼盲使読金剛般若経得明眼縁
第二十二	重斤取人物復写法花経以現得善悪報縁	重斤取人物又写法花経以現得善悪報縁
第二十三	用己寺物復将写大般若建願現得善悪報縁	用寺物復将写大般若建願現得善悪報縁
第二十四	漂流大海敬称尺迦仏名得全命縁	依妨修行人得猴身縁
第二十五	強非理以徴債取多倍而現得悪死報縁	漂流大海敬称釈迦仏名得全命縁
第二十六	髑髏目穴笋掲脱以祈之示霊表風	強非理以徴債取多倍而現得悪死報縁
第二十七	弥勒丈六仏像其頸為蟻所嚙示表縁	髑髏目穴笋掲脱以祈之示霊表風
第二十八	村童戯剋木像愚夫斫破以現得悪死報縁	弥勒丈六仏像其頸蟻所嚙示奇異表縁
第二十九	沙門積功作仏像臨命終時示異表縁	村童戯剋木仏像愚夫斫破以現得悪死報縁
第三十	女人産石以之為神而斎縁	沙門積功作仏像臨命終時示異表縁
第三十一	用網漁夫値海中難憑願妙見菩薩得全命縁	女人産生石以之為神而斎縁
第三十二	刑罰賤沙弥乞食以現得頓悪死縁	用網漁夫値海中難憑願妙見菩薩得全命縁
第三十三	悪病嬰身因之受戒行善以現得愈病縁	刑罰賤沙弥乞食以現得頓悪死報縁
第三十四	仮官勢非理為政得報縁	怨病嬰身因之受戒行善以現得愈病縁
第三十五	減塔階作寺幢得悪報縁	仮官勢非理為政得悪報縁
第三十六	不顧因果作悪受罪報縁	減塔階仆寺幢得悪報縁
第三十七	災表相先現而後其災答被縁	不顧因果作悪受罪報縁
第三十八	智行並具禅師重得人身生国之皇子縁	災与善表相先現而後其災善答被縁
第三十九	依妨修行者以得猴身縁	智行並具禅師重得人身生国皇之子縁

尊経閣文庫所蔵『日本霊異記』の訓読

沖森　卓也

一

『日本霊異記』は日本文学史上、仏教説話集の嚆矢として重要な位置を占める。そして、漢文中の字句の読み方を万葉仮名で注記した訓釈に、上代特殊仮名遣いによる、たとえばコの二類の書き分けが見られる点で、平安初期の言語資料としての価値も高い。惜しむらくは、古写本に完本を欠く。ただし、上巻には、良質の本文をもつ興福寺本（平安時代写、興福寺国宝館蔵）があり、中下巻には真福寺本（鎌倉時代写、大須宝生院蔵）、来迎院本（院政時代写、来迎院蔵）があるほか、下巻には前田育徳会尊経閣文庫所蔵の、嘉禎二年（一二三六）の禅恵書写奥書を有する一本（以下、「前田本」と称する）がある。このほか、欠落した条も多いものの、上中下三巻からなる高野本（たとえば、江戸時代中期写の国立国会図書館蔵本）などによって、今日ではかなり精度の高い復元本文が提供できるに至っている。(1) なかでも、前田本は訓釈のありかたにおいて古態を有するものであり、しかも真福寺本で前半を欠く序文が完備している点で資料的価値が高い。

今回、尊経閣善本影印集成として朱点をも含めて鮮明な写真が提供されるに際して、浅学ながら前田本の意義・特徴についてその訓点の面から解説を付すこととなったのであるが、『日本霊異記』の諸本研究は孜々として進められおり、かなりの厚みを有している。本解説はそのような先学の研究に多くを負っていることを予めお断りしておく次第である。(2)

二

前田本は、真福寺本と説話の掲載順および説話番号が下巻の第二十四縁以降で異なる（くわしくは吉岡眞之氏解説の対照表参照）。すなわち、真福寺本の第二十四縁は前田本では第三十九縁となり、真福寺本の第二十五縁以降が前田本では説話番号が第二十四縁、第二十五縁、……というように順次繰り上がっていく。このように、前田本は構成上、前半（真福寺本の第二十三縁まで）と後半（真福寺本の第二十四縁以降）とに大きく分かれる。本解説では記述の統一上、説話番号はすべて真福寺本によることとし、後半については前田本の説話番号を〈　〉内に書き添えることとした。

このように前半と後半が性格上違うのは、それぞれ原となる写本の系統が異なることを意味すると見られるが、この両者には訓釈

（訓注と呼ぶこともある）の形式にも大きな差異があることが従来から注目されている(3)。前田本の訓釈には次のような二種類のものが見られる。

A　本文中に割注で示される（前田本前半に見える）

今者罷退欲展山逾（古由）於伊勢国　（下巻第一縁　一七1）(4)

B　各縁の最後に一括して示される（前田本後半に見える）

賑（女久三天）　（下巻第二十五〈二十四〉縁　六五2）

Bは興福寺本や真福寺本（および国立国会図書館本）に見られる形式で、『日本霊異記』を何度か校訂を加えた後の最終的な形態として、訓注などの類が末尾にまとめられたのであろう。このような体裁は漢訳仏典に由来するものと考えられ、たとえば、奈良朝写経の一つ、西大寺本『金光明最勝王経』（天平宝字六年写）には各巻の尾題の後に音注が見られる。次にその巻二の尾題に続く音注の部分を示す。

金光明最勝王経巻第三

闠（胡對）穆（莫六）暨（其器）

（春日政治『西大寺本金光明最勝王経古点の国語学的研究』［斯道文庫紀要第一　岩波書店　一九四二］本文篇五九頁による）

ここでは音注だけが記されているが、注記を末尾に一括して示すBのような形式はこのようなものの影響によるものであろう。

他方、前記のAはBのような形式に至る過渡的なもので、より古態をとどめるものかと見られる。もともと、訓釈は傍注もしくは欄外注として記されたと考えられ、それを本文中に取り込んだ結果、Aのような形式が生じたのであろう。そして、そのような訓釈が施されたのは、成立間もない平安時代初期であったかと考えられている。

ところで、『日本霊異記』における訓釈は古くから注目されてきた。それは、まず第一に、上代特殊仮名遣いに合致する表記が含まれているからである。コおよびヘに二類の区別が見られ、メ・モにも区別の痕跡がうかがえるかと言われており、また平安時代を遡る、より古い語彙が伝えられていることも特筆すべき点である。さらに、訓釈のあり方が、たとえば下巻第二縁で、「脱」に「波奈知天」（真福寺本）、「皮奈千天」（前田本　二〇6）とあるように、その語の意味を辞書的に示すというよりも、本文中での訓読そのものの語形を示していることも注目される。つまり、訓釈は本文中での訓読注に由来すると言える。ただ、今日ではこのような形式は平安時代を相当に遡ることも明らかとなっている。奈良時代、そしてさらに七世紀後半の木簡にまで、このような本文中の文字に対する訓読注が見られることが知られている。

行隧　於知奈牟止須流爾　（成唯識論述記序釈　善珠撰）

誈（阿佐ム加ム移母）　（北大津遺跡出土木簡　七世紀後半）

漢文を訓読するようになり、恐らくその読み方がメモのような形で別に書き止められたのが北大津遺跡出土の音義木簡であったのだろう。いずれにせよ、平安時代にはいると本格的にヲコト点や片仮名による加点も盛んになるという背景もあって、『日本霊異記』は成立

間もない頃から訓読されていたことは間違いない。そして、このような訓注の中には次のように、「二合」で始まるものもある。

目漂青二合川々良可尓　面赫然二合於毛保天リシ天　驚恐而隠。（下巻第四縁　二五6）

これは「漂青」「赫然」という二字に対する熟字訓としてそれぞれ「ツヅラカニ」「オモホテリシテ」と読むことを示したものである。このような「二合……」という記し方は仏典の陀羅尼においてその本文中の割注によく見えるものであり、恐らくそれを応用したものかと見られている。すなわち、「二合……」という形式は、右のAのような体裁にふさわしいものと言える。あるいは、傍訓から、一旦Aのような形式で本文に取り込まれる過程で、「二合」という訓釈の形式が用いられたのかもしれない。

　Bのような訓釈の方式は、それが興福寺本に見られることから延喜ころには行われていたと考えられる。ということは、前田本の下巻前半部はそれより古い形態を有しているということであり、九世紀代の一写本の本文形態にまで遡れることを意味する。しかしながら、前田本の前半に見える訓釈がそのまま古形を伝えているかというと、そうとは言えないようである。たとえば、下巻第九縁の「戯」の訓注は、真福寺本に「保己」、前田本に「保古乎」（三三3）、国立国会図書館本に「保乎去」とあるが、コの二類の別から見ると、ホコ（矛）のコは乙類であって、「己・去」の類は正用、「古」は誤用である。つまり、真福寺本（および国立国会図書館本）は平安初期の姿をとどめている可能性もあるが、前田本は後世に手を加えられたものと見る以外にない。ただ、上巻の興福寺本は別として、中下巻の万葉仮名表記には相当に後世の賢しらが加えられており、一旦片仮名表記されたものを万葉仮名表記に改めた場合が少なからずあるようである。たとえば、前掲の「赫然」（下巻第四縁）は、前田本には「二合於毛保天リシ天」（二五6）というように一部片仮名表記が見られる一方、真福寺本には「於無日天利シ天」とある。真福寺本の訓釈はそのままではオムヒテリシテとなるが、これは恐らく「毛」を「无」などに誤り、また片仮名ホの異体字「呆」もしくは「⿱口丁」のような字体を「日」に書き改めたものかと思われる。つまり、後者の例から推測するに、中下巻の訓釈には片仮名が介在している可能性が極めて高い。その意味で、訓釈（訓注）がもとは片仮名表記であったのか、あるいはもとから万葉仮名表記であったのかという問題は改めて問いかける必要があろう。通説では、訓釈には当初から万葉仮名が用いられていて、それを各縁の末尾に一括してまとめられていたと見られているようである。しかし、編纂されてまもなく施された傍注の字体は必ずしも万葉仮名とは限らず、南都を中心とした平安時代初期の訓点資料の状況を考慮に入れると、そこには省画の字体を中心に草仮名をも交えた文字体系が想定される。そのような字体であったからこそ、漢訳仏典に見られるように音・義の注記を本文から独立させて記す際に、反切表示がそうであるように、漢字（真仮名）で記す必要があったのであり、さらにコなどの場合、全画の字形（万葉仮名）に正確に書き換えることができたのではな

かろうか。

三

次に、前田本の加点について報告することにする。前田本には墨による鎌倉時代の加点とともに、朱による句切り点が見える。墨点には仮名点・返点・句点があり、(5)説話によってその加点に粗密が見られる。(6)このうち、序・第一縁・第十四縁などにはかなり詳しい加点が施されており、序には「玉」（タマフ　九5）、第一縁には「云」（イフ　一六4）という、特異な仮名も見受けられる。また、第四縁・第十縁には「ヽ」をシテに用いた例も見える。(7)

詐（イツワリコトヽテ）語　妻（返）曰（ク）　（下巻第四縁　二四1）

墨の句点は序には多く施されているが、そのほかでは第一縁と第三縁にわずかに見えるにすぎない。朱の句切り点は、前半では序および第一縁から第四縁という冒頭部分だけに、後半では第三十九〈三十八〉縁に一箇所のみ見られるにすぎず、朱点の使用は偏在がはなはだしい。総じて言えば、前半に加点が多く、後半に加点が少ないようである。

ところで、真福寺本には加点はなく訓釈しか見えない。その訓釈は、前田本においては前半では割注と、後半では後注と対応することもあるが、なかには仮名点による傍訓として対応するものも見える。前半の対応関係で見ると、たとえば第一縁では重なるのは真福寺本「踰（超也）」と前田本割注「逾（古由）」のわずか一例であり、第二縁でもわずか三例にすぎない。前田本の割注は万葉仮名表記もしくは同義字による注記によるものが少数採られているように見え、漢文中における注記として体裁を整えた形跡が見られる。真福寺本・前田本の訓釈の対応関係を見ると、共通の祖本から受け継がれたものもあるようであるが、多くは個別に付されたものではないかと推測される。たとえば、第十四縁では真福寺本の十一の訓釈のうち五つが前田本の傍訓と対応するが、前田本にしか見えない傍訓も二十一にのぼる。逆に、第三十〈二十九〉縁・第三十三〈三十二〉縁・第三十四〈三十三〉縁・第三十七〈三十六〉縁では、真福寺本の後注は前田本のそれをすべて含むほかにも、前田本には見えない訓釈も施されている。また、第二十一縁〈二十〉・第二十三〈二十二〉縁・第二十〈二十三〉縁・第二十八〈二十七〉縁では真福寺本には訓釈が存在するが、その語句が前田本には傍訓に全く見当らないという点で言えば、互いの訓釈にはそれほど深い交渉が見られないように感じられる。このように、独自の訓注がそれぞれに付されているようであるが、その対応関係の傾向から見ると、後半の方が対応する度合いが高いように察せられる。前述したように、前半が後半に比べて加点が密であるという傾向と併せて、それは前田本の前半と後半が別系統の本文であることと無関係ではないように思われる。ただし、来迎院本の加点のあり方から見て、興味のある説話にのみ加点したという点も留保しておくべきであろう。(8)

さて、前田本の傍訓について見ると、まず訓法では次のように文選読み、および再読字の見られる点が注目される

嘷吠（カウハイトホヘテ）　（第二縁　二〇6）

暫待我於(テ)菩薩(ニ)白銭(シテヲ)(返)将(ニ)償(返)　（第三縁　二二3）

後者は、「将」に「ニ」の付訓があり、「償」に返点があることから、「将償」を「将（マサ）ニ償ハムトス」と読ませる加点であろう。文選読みは十世紀からは相当に広く行われるようになったといわれており、他方、「将」の類は十一世紀以降次第に再読されることが多くなったとされている。この点から見ると、前田本（もしくは、その原となった写本）の加点は鎌倉時代からあまり隔たらない、比較的新しい時代になされたものであることは明らかである。

次に、前田本の傍訓の仮名遣いのうち、問題となるものを挙げておく（［　］内は被注字）。

①オ・ヲ（・ホ）の混同

ヲヨフマテ［迄］（九5　九7）　ヲチテ［下］（一一6）　（序）

ヲ、フ［覆］（一九2）　（第一縁）

ヲフテ［負］（二六7）　（第五縁）

ヲフテ［遂］（二八5）　（第六縁）

ヲサレ［圧］（四〇1）　（第十三縁）

ヲフ［負］（四三2）　ヲソレヲチ［懼恐］（四三7）　（第十四縁）

ヲキキテ［起居］（四四7）　（第十五縁）

ミノ、クニカタカタノコオリ［美濃國方縣郡］（八一5）　（第三十一〈三十〉縁）

②イ・ヰの混同

ムクヰムト［詶］（七一1）　（第二十七〈二十六〉縁）

③エ・ヱ（・ヘ）の混同

コヘ［声］（九7）　（序）

カウハイトホヘテ［嘷吠］（二〇6）　（第二縁）

④ハ・ワの混同

イツワリコトシテ［詐］（二四1）　（第四縁）

オ・ヲの混同、およびハ行転呼音は十一世紀初め前後から例が多くなり、また、イ・ヰやエ・ヱの混同が一般化するのは鎌倉時代に入ってからとされている。このほかにも、次のような仮名遣い上の問題が見られる。

⑤ム・ンの混同

タカンナ［笋］（七三5）　（第二十七〈二十六〉縁）

⑥促音便の「ン」表記

ハカンテ［怒］（八三7）　（第三十二〈三十一〉縁）

（参考…真福寺本には「怒判加利弖」とある）

ムとンが音便において混同されるのは十一世紀後半以降で、また促音便を「ン」で表記するのも十一世紀後半以降であることを考えると、前田本の仮名遣いはそう古く遡ることはできない。すなわち、前田本の傍訓は、校訂に用いた写本から訓注として書き加えられたものや、旧本から転写されたものなどもあろうが、そのだいたいは

院政時代以降、おそらくは鎌倉時代のものと見てよいように思われる。

以上、前田本『日本霊異記』の訓釈および加点をめぐってその概略を述べたが、今後さらに究明すべき点も多い。本書の刊行を一つの契機として『日本霊異記』に関する議論がさらに活発になることを祈ってやまない。

［注］

（1）前田本以外の諸本は次の資料を用いた。
興福寺本…佐伯良謙編『日本国現報善悪霊異記』（便利堂　一九三四）
真福寺本…小泉道『校注真福寺本日本霊異記』（『訓点語と訓点資料』別刊2　一九六二）。また、マイクロ写真をも参考にした。
来迎院本…財団法人日本古典文学会編『日本霊異記　古事談抄』（日本古典文学影印叢刊1　貴重本刊行会　一九七八）
国立国会図書館本（高野本または金剛院三昧院本の系統）…『日本霊異記』（古典資料6　すみや書房　一九六九）

（2）遠藤嘉基・春日和男校注『日本霊異記』（日本古典文学大系70　岩波書店　一九六七）の解説
小泉道『日本霊異記諸本の研究』（清文堂出版　一九八九）
このほか、注（1）のそれぞれの解説などを参考にした。

（3）前田本訓釈については、真福寺本との対応関係やその形式などもわかるように、本解説末尾の別表①「真福寺本・前田本の訓釈対照表」に示した。

（4）前田本の引用箇所は、本書のページ数を漢数字で、行数をアラビア数字で示した。

（5）漢字の左下の点が返り点、右下の点が句点である。なお、前田本の片仮名字体は別表①「真福寺本・前田本の訓釈対照表」から帰納できると考え、本解説では省略した。

（6）このような前田本の各説話における加点の状況については、本解説末尾の別表②「前田本『日本霊異記』の加点状況」をご参照願いたい。

（7）築島裕『平安時代語新論』二九八頁によると、「∨」をシテに用いるのは院政時代以降に広く行われるようになったという。

（8）ちなみに、各縁の題に加点した例が第十四縁（四一1）および第三十一〈三十〉縁（八一4）に見える。

別表①　真福寺本・前田本の訓釈対照

注（1）前田本の「△」は割注、「○」は後注を示す。
（2）前田本・国立国会図書館本の（　）内の漢字は真福寺本と異なる被注字を示した。
（3）第24縁以降は真福寺本の説話番号を先に記し、〈　〉内に前田本の説話番号を示した。
（4）前田本に対応しない真福寺本の訓釈は省略した。

	真福寺本	前田本	国立国会図書館本	所在
載		ノセタリ		序
諸	於也			序
探		サクルニ		序
祀頌	二合止之吉呂			序
甘	太久万之比			序
以來		コノカタ		序
迄		ヲヨフマテ		序
逕		ヘタリ		序
過		スキ		序
適		始也		序
以還		コノカタ		序
迄		ヲヨフマテ		序
咲		ヱムテ		序
聲		コヘ		序
鷄		ニハトリハ		序
鳴		ナイテ		序
涙		ナミタ		序
觀		ミルニ		序
匪		アラス		序
礒		ツクロフニ		序
叵		不也		序
兮		者也		序
嗜	安千万見	(嗜)ナム		序
疑		如也		序
遄		ハヤク		序
託		ツク		序
夸	福也	クワ　福也		序
響		ヒ、ヒキノ		序
嗚		ア、		序
愼		ツ、シマ		序
烏	詎也			序
肩	長也	(肩)アヘテ長也		序
暫爾	シ万良久乃	(暫示)シハラクノ		序
泛爾	加利佐万奈留	(泛示)カリサマナル		序
孰	誰也	(熟)タレカ		序
喃	安波礼	(噫矜)ア		序
仂	勤也			序
言	和礼			序
惻	哀也	イタミ		序
那		ナンソ		序
資		ヨテ		序
逢		アハ		序
苦	謹也			序
頼	旨也	ヨテ		序

	真福寺本	前田本	国立国会図書館本	所在
値		アハ		序
時		トキ		序
拆	部之天又云和加知天	(折)ワカチテ		序
效	奈良比天	(効)ナラフテ		序
啄	音丁角反破祢天鳥物食也	(喙)ハミ		序
候	毛良不	ウカ、フ　モラフ		序
嚼		カミ		序
囀		ス、キ		序
洒	アラフテ			序
居	ヲリ			序
睽	見也	(瞪)ミ		序
居	ヲル			序
中		アタヌ		序
頽		クタケタル		序
徑	久津加幣利	クツカヘリ		序
下		ヲチテ		序
中		アタテ		序
螺		カヒヲ		序
酌		クミ		序
闚	見也	ウカ、フ		序
者		モノカ		序
訂	ツ良、、	ツラ、、		序
瞻		カヘリミルニ		序
尅	引也	トクセム		序

	真福寺本	前田本	国立国会図書館本	所在
轍	路也	アトヲ		序
愧	恥也			序
祈	尓カフ			序
言提	美々比支天クキ師不留			序
流	トモカラ			序
濡	須々支天			序
足		タラム		序
巣		スヲ		序
州	嶋也		(洲)嶋也	1
姫		ヒメ		1
熊			口万	1
踰	超也	(逾)古由△		1
糯			モチノ	1
副		ソヘ		1
継	ナハ		奈波	1
糧			可里弓乎	1
伐	支天		木里弓	1
瞰	見也		見也	1
側		カタハラニ		1
腐		クチ		1
菀然	ム世加尓		(蒙然)二合牟世可尓	1
生	あさらかせ尓し天		悪左良可尓之弓	1
諒		マコトニ		1
蔕	フルヒ		不ル比弓	1

	真福寺本	前田本	国立国会図書館本	所在
麻	ヲ		ヲ	1
推	タツニ		タツネ	1
曝	サリテ			1
葺	フキ		不岐	1
覆		ヲ、フ		1
粉	コ		コ	1
紲	ナハ			1
輟	止也		止也	2
盟	知可比天		チカヒテ	2
狐	可支天		可支弖	2
嘷吠		カウハイトホヘテ		2
脱	波奈知天	**皮奈千天**△	ハナチテ	2
奔		ハシラムト		2
引		ヒキ		2
齰殺		カミコロシツ		2
哳	明也	**明也**△	明也	2
斃	死也		死也	2
纔	七多太		比多太	2
鏁	クサリ	**久佐利乎**△	クサリヲ	2
徴		ハタテ		3
逼		セム		3
即俗	上川支天			4
寔	誠也			4
陥	於止之意礼天	**於土之伊礼天**△		4
詐		イツワリコトシテ		4
漂青	ツ、良可尓	**二合川々良可尓**△		4

	真福寺本	前田本	国立国会図書館本	所在
赫然	於無日天利シ天	**二合於毛保天リシ天**△		4
汚	クホミ天	**久保美天**△		4
鴻	大也			4
又本即俗	ツ支天			4
陥	オトシイレテ			4
瞵	見也	**見也**△		4
舅	シフトヲ			4
圖	ハカリテ			4
寔	誠也			4
漂青	ツ、ラカニ			4
赫然	ヲモホテリシテ			4
汚	クホミテ			4
鴻	大也			4
備	マウケテ			4
椽	音乗反	シヨウニ		4
畿	辛反童歸			5
鹿		シ、		5
負		ヲフテ		5
矢		ヤヲ		5
死		シ、		5
海部峯		アマヘノミネト		6
買		カフテ		6
鰡	名吉	(鱳)サハ		6
遭		アフテ		6
垂		タル		6

	真福寺本	前田本	国立国会図書館本	所在
汁		シル		6
息		ヤスム		6
逼		セメテ		6
強		シヒテ		6
開		ヒラカ		6
逆	イムカフ礼ム加皮 欠	サカヘ		6
拒	コハミ己皮牟	コハムコトヲ		6
遂		ヲフテ		6
竊		ヒソカニ		6
窺	有加々士	ウカヽヒ		6
往		ユク		6
鮮	アサラケキ	アサヤカナル		6
咄	ヤ		耶	7
行騰	二合ムカ皮支	**二合牟加波き**△	(行騰)二合ムカハキ	7
曳	乃へ			7
踰	フミ	**不三**△	フミ	7
通		トホシテ	止保之弖	7
誅	キリ	**岐利**△	支里	7
表	音牛反			8
寫		ウツサムト		8
淹			ヒサシク	8
奄然	忽也		忽也	8
懷	心也		心也	8
炫	照也		照也	9

	真福寺本	前田本	国立国会図書館本	所在
倏	忽		忽	9
曲屈	可々末リ那可良		二合アマリナカラ	9
鉀			ヨロヒ	9
闕			祢加止	9
戟	保己	**保古乎**△	保乎去	9
棠	ツ支	**ツ支**△	都支	9
沖	深也		深也	9
楉	シ止		志母止	9
蹤	ア止乎		アトヲ	9
踏躅	如上	**阿止乎**△ フミアトヲ	阿止乎	9
頭		ホトリニ		9
懸		カケタリ		9
[金+桀]	タマノスタレ	**玉乃主多礼**△	タテスタレ	9
抱			于田支	9
營造	意東那三		上訓伊止那見	10
漆	宇留シ			10
翼陛	ヤノヽキ	(翼階)**二合屋乃々幾**△	(翼)二合ヤ乃々岐	10
惣家	シカシナカラ		上訓志師保那何良	10
陳時	時名也			10
王與女	三人名		(天與女)三合字者人名也	10
阿東練	行尼五人名也			10
儼然	イツクシクシテ	(嚴)ケン	音嚴反二合伊豆久之口師弓	10

	真福寺本	前田本	国立国会図書館本	所在
菀		ヱン		10
穎	勝也			10
蓼	タテ		田手	11
索	乞也		乞也	11
矜	如クミテ		メクミテ	11
副子		ソヘルコ		11
従		ヨリ		11
臆		ムネ		11
桃脂		モ、ノヤニノ		11
物		モノ		11
垂		タリ		11
搏	取也		取也	11
含		フ、メヨ		11
甜	アマシ	**阿万之**△	阿万師	11
精盲	安支之比	アキシヒナリ	二合阿支志比	12
巾	太力己比			12
巷陌	知末多	チマタ	二合チマタ	12
壓		ヲサレ		13
悵	哀			13
被	及			13
惆	惠			13
哭愁		ナキウレヘテ		13
刺		サス		13
盪	モリテ			13
側	保乃可尓			13

	真福寺本	前田本	国立国会図書館本	所在
贔屭	上比下音機反二合力起也是以山起力甚大力也			13
悵	哀也			13
惆	患也			13
被	乃也			13
盪	モリテ、			13
賜	オクル	(贈)**送也**△		13
雇	ヤトヒテ			13
機	ワカツリ			13
編	アミ			13
拍	打也	ウテ		14
長		ヲサ		14
探		サクテ		14
駈使		クシス		14
徴乞		ハタリコフ		14
其		ソノ		14
御馬河里		ミマカハノサトニ		14
嗔嘖		イカリセメテ		14
輸	出			14
縛打		シハリウチ		14
駈傜		クエウス		14
拒逆		コキヤクス		14
墾	安加良しひて	ネムコロニ		14
成		ナル		14
負		ヲフ		14

	真福寺本	前田本	国立国会図書館本	所在
打辱		ウチハシ		14
示		シメセ		14
許		ハカリ		14
騰		アカテ		14
往		ユイテ		14
捶	打	ウチシ		14
明日		アクルヒノ		14
空		ソラ		14
柯	比己江	(枝柯)シカ		14
繋	乎			14
浮浪	宇加礼比止			14
摧	クタケ			14
嚢		フクロニ		14
懼恐		ヲソレヲチ		14
乾枯		カレタル		14
徭	音要子反政也	エウ		14
虱	シラミ			14
程	ホト			14
諸見	トヒナシリ	アヒ奈シリ	ア比那自里	15
曷	那尔	ナソノ	奈尔	15
起居		ヲキヰテ		15
逐	追也		追也	15
鯉	己比		古比	15
薮	オトロ		於止呂	15
淹		久也	久也	16
鵈鵤	二合意可留可		二合イカルカ	16

	真福寺本	前田本	国立国会図書館本	所在
畝			ウネ	16
佇	乃曾支天		ノソキテ	16
脹	波礼多留己ト	ハレテ	古被太礼留支土	16
大	伊止		(太)伊太	16
丁	左カリナリシ		サカリナリ	16
濫	ミタハカハシク		ミタレカハシク	16
齢	与ハヒ			16
肥	コエ			16
臂	可比那		カヒナ	17
嗣	繼		繼也	17
叩	タヽキテ	タヽイテ	タヽキテ	17
咄	夜		夜	17
累夜		ヨモスカラ		17
息		ヤマ		17
於茲		コヽニ		17
漚	阿和	アハ	阿波	18
嚙	カミ		可ミ	18
蛾	比々留		ヒヽル	18
脊	セ那カ			18
鬻	加不留ニ		カフル	18
閫	シナタリクホ	**久保牟**△	(閫)口保	18
踞	ウツクマリヲリ		ウツクマリヲリ	18
孃	ヲミナノ	ヲウナノ	ヲウナノ	18
閈	マラ			18
肉團	シヽム良下音斷			19
祥	与支シ留シ			19

	真福寺本	前田本	国立国会図書館本	所在
笴	乎介	(笴)ツ、ニ		19
姿	形	カタチ		19
卵		カヒコノ		19
縠	可比古			19
竇	穴			19
矢羽田		ヤハタノ		19
啁		**恵都良加志**△		19
鵩	ナ不留			19
棠	ツクラ留			19
比頃	己呂保比尓			19
蘇曼	女名			19
頭	數惠尓			19
缺	止加		上阿	20
短	比木比止		(矬)比岐比土	20
陋	加多奈和		加多那口	20
率	手奈へ		(攣)弖奈弊	20
躄	アシナへ		阿志那倍	20
背傴	世奈加久々世尓		二合セ那加苦都セ尓	20
癲			音礼反	20
蝦夷	衣比須	**二合衣比主**△	二合エヒス	22
點	シ女天			22
垔	皮比也乎			22
卒	左可之支		左阿志岐	22
峙	立也			22
箒	皮々支		破々木	22

	真福寺本	前田本	国立国会図書館本	所在
編			アミテ	22
債	毛乃々可比乎		(債)モノ、カヒヲ	22
箒	皮々支		ハ、支	22
垔	皮也比死		波也比死	22
塚	皮比夜		(垔)波比夜	23
點			左、弖	23
踏躇	多千意左与比天	(躊躇)**二合多知伊佐与比弖**△	(躊躅)二合タチイサヨヒテ	23
井	ツハト			23
峻	サカシキ		サカシキ	23
躊躇	タチヒヨヒテ			23
隨我	二合字用音此大神名也			25〈24〉
典	可止礼留			25〈24〉
黛	戸牟良			25〈24〉
備債		(傭賃)**知加良川久乃比**○チカラヲツクシテ	(傭賃)上音用反下徃反二合知加良豆玖乃比春	26〈25〉
暴	荒也		荒也	25〈24〉
張	多々与比天			25〈24〉
桴械	伊可多		(械桴)二合イカタ	25〈24〉
賑	日久多	**女久三天**○メクミテ	メクミテ	25〈24〉
聿	川比尓	**川比ニ　側草反徵財也**○	ツヒニ	25〈24〉

	真福寺本	前田本	国立国会図書館本	所在
㵋青		ツ、ラカニシテ		25〈24〉
強		**シヒタル○**		26〈25〉
債洽	吾万祢皮須ゝ力止	(賃)**母乃々加比乎○**		26〈25〉
		(洽)**阿万祢支○**		26〈25〉
道		**法也○**		26〈25〉
息利		**伊良之毛乃那里○**		26〈25〉
太	意止	**伊土○**		26〈25〉
皷	左介天	(疾皺)**佐介天○**		26〈25〉
澁		**シフシ○**		26〈25〉
跉跰		**佐須良不留者也○**		26〈25〉
齝齝	尓介可無	**二合可无○**		26〈25〉
戚	惠也	**患也○**		26〈25〉
慟	膚	**病也○**		26〈25〉
比傾		**古呂保比○**		26〈25〉
惣		**志加之那加良○**		26〈25〉
唱然	歎也	(唱然)**那介支○**		26〈25〉
懆然	愁	**煩也○**		26〈25〉
債	皮多流	(賃)**ハタル○**		26〈25〉
箏		**タカンナ○**		27〈26〉
掲		**奴支○**		27〈26〉
脱		**ハナチテ○**		27〈26〉
擳	取也	**取也○**		27〈26〉
次	宿也	ヤトル		27〈26〉
竟夜		ヨモスカラ		27〈26〉
不寢		イネスシテ		27〈26〉

	真福寺本	前田本	国立国会図書館本	所在
蹲		ウスクマル		27〈26〉
毎		コトニ		27〈26〉
蘆	遠支			27〈26〉
隙	九左	**クサル○**		27〈26〉
餉	丁礼意比	**可礼伊比○**		27〈26〉
動	須名波三毛	**夜々母須礼波○**		27〈26〉
勝		タへ		27〈26〉
詡		ムクヰムト		27〈26〉
宵	(記載なし)	**夜也○**		27〈26〉
晦	孝支己毛利乃			27〈26〉
儵忽		タチマチニ		27〈26〉
操	礼	**取也○**		27〈26〉
控		**引也○**		27〈26〉
讓		**ユツル○**		27〈26〉
惣		**シカシナカラ○**		27〈26〉
懤然	留也	(悸然)**恐也○**		27〈26〉
桊	求也			28〈27〉
悵	哀也			28〈27〉
村童	左斗和良波部	**佐土和良波○**		29〈28〉
累		カサネテ		29〈28〉
彫	惠利	(雕)**惠留○**		30〈29〉
統	須惠多利	**須部多流○**		30〈29〉
盍	イカニ丞ニ			30〈29〉
老耄	音毛及老也			30〈29〉
營農	二合ナリハヒヲシ			30〈29〉
蓄	タクハヘ			30〈29〉

	真福寺本	前田本	国立国会図書館本	所在
席	ムシロ			30〈29〉
嘉	善也			30〈29〉
規	音貴也			30〈29〉
産		ウムテ		31〈30〉
美濃國	方縣郡	ミノ、クニカタカタノコオリ		31〈30〉
嫁		トツカ		31〈30〉
有		アリ		31〈30〉
曰		イフ		31〈30〉
厚見		アツミト		31〈30〉
卜者	可三那支	**加美奈岐**○ カウナキニ		31〈30〉
籬	可支			31〈30〉
齋	移孝イツク	**伊都久**○ イツク		31〈30〉
往古	イニシヘ			31〈30〉
託	クルヒテ	**クルヒテ**○		31〈30〉
憑	怙也依也			32〈31〉
漁	魚取			32〈31〉
浦	取也			32〈31〉
呉	ク礼	クレ		32〈31〉
量		クラヘテ		32〈31〉
恕	判加利弖	(怒)ハカンテ		32〈31〉
班	世滿三持	**阿可祢皮利**○		33〈32〉
烱然	移知シルク	(臻)**伊知之呂之**○		33〈32〉
撾	打也	**打也**○		33〈32〉
疵	キスヲハ			33〈32〉
苫	音斬也			33〈32〉
殃	空也	**災也**○		33〈32〉
南	于波良	**于波宇**○ ウハフ		33〈32〉
瘻肉	疽	(瘻)**内疽**○		34〈33〉
䐈	悪血肉集也音息反			34〈33〉
播	保度許須			34〈33〉
呈	顯也			34〈33〉
膿	ウミシル			34〈33〉
桴	クヒセ	(枓)**クヒセ**○		35〈34〉
涌返		ワキカヘリ		35〈34〉
皎僧頭		ケウソウツヲ		35〈34〉
太	伊止			35〈34〉
鄙	倭語止比奈留又云賤也	**倭語云止比奈流可那又云賤也**○		35〈34〉
借		カル		35〈34〉
不睠		ミサル		35〈34〉
愈	夜須滿須	**ヤスマリ**○		36〈35〉
憑	恃也怙也	**怙也清**○		36〈35〉
挫	弊師	**弊師**○		36〈35〉
擯追				36〈35〉
差	夜須美天			36〈35〉
熸		**於支比**○		36〈35〉
託	久流比天			36〈35〉
煙	ケフリ			36〈35〉

	真福寺本	前田本	国立国会図書館本	所在
層	古之			36〈35〉
哃	佐介比天	**サケフ**○		37〈36〉
拍	帝遠有天			37〈36〉
如許	二合己之羅許曾及	**己々良志岐曾波**○		37〈36〉
雄鹿	世斯賀	**乎之加**○		38〈37〉
嗜	難祁支手			38〈37〉
厷	夜左斯	(尤)**也須之**○		38〈37〉
寢		**祢天阿流**○		38〈37〉
札		**不美多**○		38〈37〉
數	阿滿多			38〈37〉
坎	カシカサルニ	(炊)**加志志ム止流**○		38〈37〉
梲	カナ	**可支**○		38〈37〉
臂	賀悲難			38〈37〉
失	糸土	(矢)**麻利**○		38〈37〉
螓	那[illegible]三	(蜂)**師自夏牟之**○		38〈37〉
轅	乎尔反			38〈37〉
策棠	孝支	(榮裳)**都波**○		38〈37〉
串		**久寸毛岐**○		38〈37〉
穿		ウカテ		上4〈39〉

別表②　前田本『日本霊異記』の加点状況

注（1）加点箇所の多寡を次のような記号で示した。
◎…11箇所以上　○…５～10箇所　△…１～５字箇所　×…なし
（2）仮名点の場合は、１文字に対する、助詞「ヲ・ニ・テ」などの加点を含めた。
（3）第24縁以降の括弧内の数字で前田本の説話番号を示した。ちなみに、前田本の第39縁は真福寺本では２箇所に位置する。

説話番号	朱点	墨	点	句点	割注	来迎院本
	句切り点	仮名点	返点			墨仮名点
序	◎	◎	◎	○		◎
1	◎	◎	◎	△	有	○
2	○	◎	◎	×	有	△
3	○	◎	◎	△		×
4	△	○	◎	×	有	◎
5	×	○	△	×		△
6	×	◎	◎	×		◎
7	×	×	△	×	有	△
8	×	○	△	×		△
9	×	◎	○	×	有	◎
10	×	○	△	×	有	△
11	×	◎	◎	×	有	△
12	×	○	○	×		△
13	×	◎	○	×	有	(欠)
14	×	◎	◎	×		×
15	×	◎	○	×		△
16	×	△	×	×		○
17	×	◎	◎	×		△
18	×	◎	○	×	有	○
19	×	○	△	×	有	◎
20	×	×	×	×		△
21	×	×	×	×		×
22	×	×	△	×	有	◎
23	×	×	×	×	有	○
24〈39〉	×	×	×	×		×
25〈24〉	×	○	△	×	有	△
26〈25〉	×	△	△	×	有	◎
27〈26〉	×	◎	◎	×	有	◎
28〈27〉	×	×	×	×		◎
29〈28〉	×	△	△	×	有	◎
30〈29〉	×	×	×	×	有	◎
31〈30〉	×	◎	○	×	有	△
32〈31〉	×	○	△	×		◎
33〈32〉	×	△	×	×	有	◎
34〈33〉	×	△	×	×	有	◎
35〈34〉	×	◎	○	×	有	×
36〈35〉	×	×	×	×	有	△
37〈36〉	×	×	×	×	有	×
38〈37〉	×	△	×	×	有	×
39〈38〉	△	×	×	×		×
上4〈39〉	×	△	△	×		

尊経閣善本影印集成 40
日本霊異記

発行　平成十九年三月十五日
定価　一八、九〇〇円
（本体一八、〇〇〇円＋税五％）
編集　財団法人　前田育徳会尊経閣文庫
東京都目黒区駒場四－三－五五
発行所　株式会社　八木書店
代表　八木壮一
東京都千代田区神田小川町三－八
電話　〇三－三二九一－二九六一（営業）
二九六九（編集）
ＦＡＸ　〇三－三二九一－六三〇〇
製版・印刷　天理時報社
用紙（特漉中性紙）　三菱製紙
製本　博勝堂

ISBN978-4-8406-2340-7　第六輯　第１回配本

Web http://www.books-yagi.co.jp/pub
E-mail pub@books-yagi.co.jp